chemin de la belle étoile

طريق الحظّ

85160 Saint-Jean-de-Monts - 2011

ISBN : 978-2-9538478-0-2

Illustration de couverture © Nicolas Bocquel
Illustration 4e de couverture : photo © André Curmi,
traitement graphique : Nicolas Bocquel

Photographies dans l'ouvrage :
© André Curmi, photos du Liban
© Dominique Blanchard, photos du marais

chemin de la belle étoile

طريق الحظّ

Yannick JAULIN
Sébastien BERTRAND

Traduction arabe (Liban)
الترجمـــة إلـــى العربيّـــة

Boutros Rouhana

les Ateliers du Cèdre

Théâtre Monnot
مسرح مونو
Université Saint-Joseph
جامعة القديس يوسف

2008,
André Curmi et Paul Mattar,
deux regards et des sourires...

chemin de la belle étoile

Un voile se lève et la lumière apparaît.

Les odeurs saluent les papilles
et les regards semblent sourire.

Des portes profondes s'ouvrent doucement
et laissent s'échapper des sentiments tremblants.

Cachée dans les rêves, la réalité offre ses secrets et ses mystères.

Comme un drapeau qui flotte, mes yeux vagabondent
et ma mémoire se nourrit.

L'odeur du vent, le goût de la terre
Sébastien Bertrand, Saida (Liban)
13 mars 2008

طريق الحظّ

حجابٌ يرتفع، فيظهر النور،
الروائح تحيّي البثور، والنظرات كأنّها تبتسم
أبوابٌ غائرة تفتح ببطء، فتسمح للعواطف المرتجفة
بالهروب،
في حنايا الأحلام حيث تتخفّى، تمنحُ الحقيقةُ أسرارَها
والألغاز،
كالرايةِ المرفرفة، تتسكّع عيناي وذاكرتي تتغذّى.
رائحة الهواء، طعمُ التراب
سيباستيان برتران - صيدا(لبنان)، 13-03-08

Si c'est une histoire,
elle commence cette nuit-là.
Je rentre à l'hôtel épuisé,
heureux d'avoir joué *Forêts*, là,
à Nantes, avec plein d'amis dans la salle,
d'avoir senti cette salle chavirer
par cette pièce insensée, par cette troupe.
Mon téléphone vibre. Un message.
Un long message de Sébastien, Sébastien Bertrand,
l'accordéoniste hédoniste de Sloï,
le porte-flambeau des musiques trads de Vendée,
le fils de Jean-Pierre Bertrand, collecteur hors pair,
figure du marais breton, Sébastien, le petit noiraud typique
de ce marais nord Vendée.

Je suis assis dans ma voiture, il faut que je te dise. Je n'en parle pas souvent, mais la pièce m'a tant bouleversé. C'est comme si elle avait ouvert quelque chose en moi, quelque chose qui ne pourra pas se refermer. J'ai été adopté à l'âge de 9 mois, je suis né à Beyrouth, pas en Vendée. Mais, tu vois, on m'a tellement aimé depuis que je ne croyais pas avoir besoin d'aller regarder là où c'est noir, mais maintenant je sais que je dois le faire...

La nécessité d'oser aller marcher dans le noir à tâtons,
de reconnaître les odeurs de Beyrouth,
d'avoir le souffle court devant le tiroir gris de l'orphelinat,
de se réchauffer au soleil du marais.
De dire les retrouvailles, le bonheur d'être de là-bas et de là !
De le dire avec des mots, avec l'accordéon,
avec la danse, avec toute la chair de son présent.

Yannick Jaulin

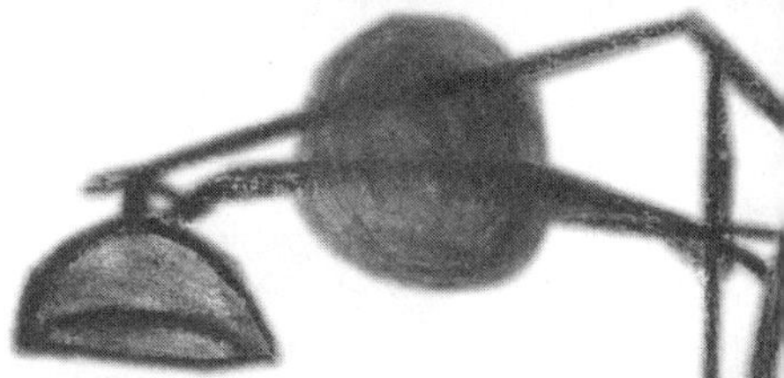

لو أنّها حكاية، لكانت بدأت تلك الليلة. دخلتُ الفندق منهَكاً، ولكنْ سعيداً بتقديم "غابات"[1] هناك، في "نانت"[2]، بوجود أصدقاء كُثُر في الصالة، وبإحساسي بهذه الصالة وهي تترنّح من تأثير هذه المسرحيّة المجنونة، وهذه الفرقة.
ارتجّ هاتفي. رسالة. رسالة طويلة من سيباستيان، سيباستيان برتران، عازف الأكورديون وفيلسوف المتعة والسعادة[3] بـ"سلوي"[4]، وحامل مشعل موسيقى "فانديه"[5] الشعبيّة، وابن جان بيار برتران، هاوٍ لا يُضاهى في تجميع الدرّاجات الناريّة، أحد وجوه ما يُسَمّى بالمستنقع البريتاني[6]، سيباستيان، الأسمر الصغير الإبن النموذجي لمستنقع شمال "فانديه": *"أنا قاعد بسيّارتي، لازم قلّك. أنا ما كتير بحكي عن الموضوع، بس العرض خضّني كتير. كأنّو فتح فيّي شي، شي ما بيتسكّر. تْبنّوني كان عمري 9 أشهر، ولدت ببيروت مش بـ"فانديه". بس متل ما شايف، من وقتا حبّوني لدرجة إنّي ما اعتقدت إنّي بحاجة روح فتّش بالمحلاّت المعتّمة، بس هلّق تأكّدت إنّو ضروري روح فتّش..."*

ضروري إتشجّع وروح إمشي ودأدِس[7] بالعتم، إتعرّف عا روايح بيروت، ينقطع نَفَسي قدّام الجارور الرسادي بالميتم، إتحمّى بشمس المستنقع.
ضروري خبّر عن مين لقيت وشو لقيت، عن سعادتي إنّي هونيك ومن هونيك! خبّر بالكلام، بالأكورديون، بالرقص، باللّحم الحيّ.

Yannick JAULIN

---

1 عرض مسرحي بعنوان Forêts *لوجدي معوّض*
2 Nantes مدينة كبيرة في غربي فرنسا. هي عاصمة منطقة اللوار.
3 Hédoniste
4 Sloï فرقة فنيّة ينتمي إليها Sébastien Bertrand
5 La Vendée مقاطعة في بلاد اللوار في الوسط الغربي لفرنسا على المحيط الأطلسي.
6 تشتهر الفانديه الواقعة في منطقة بريتانيا الفرنسية بمستنقعاتها المالحة التي لطالما كانت ولا تزال مصدراً ثميناً للملح. وقد عاد مجلس المقاطعة فسمّاها *المستنقع البريتاني*- الفانديه.
7 تعبير شعبي بالعاميّة اللبنانيّة بمعنى: أفتّش في العتمة.

Voyage Challans-Rennes

On va l'faire à la maison…
Voilà la phrase que Yannick a prononcée en regardant son agenda,
en juin 2008, dans le TGV qui nous ramène de Correns (83).
Après un des premiers concerts de la tournée du Ponant,
nous rentrons en train et commençons à jeter
les premières bases de ce que sera le spectacle.
Pas de titre, pas d'idée de scénographie, pas de partenaire…
mais une envie folle de raconter, de dire, de partager…
Alors oui, à l'automne qui suit, le salon de Jaulin
devient un laboratoire. Un enregistreur numérique,
des feuilles de papier, deux accordéons, du thé vert, du vin bio…
Ça écrit, ça musique, ça chante, ça écrit…
entre le marché de quartier, une balade digestive,
le retour en coup de vent de Carine pour déjeuner et la nuit qui tombe,
les phrases s'accordent à la musique, les semaines passent,
les TER se succèdent et ce trajet régulier donne à lire et à entendre
un spectacle, une histoire, des histoires : Chemin de la belle étoile.
Un premier « chantier au salon » conclut cette période
d'aller et retour entre là-bas et ici…
Merci.

Sébastien Bertrand

رحلة: Challans-Rennes

سنفعلها في البيت...

إنها الجملة التي نطق بها يانّيك فيما هو ينظر إلى مفكّرته، في حزيران 2008 ، في القطار السريع الذي كان يُعيدُنا من "كورينس" (83) . فبعد واحدةٍ من حفلاتنا الأولى من الجولة في البونان Ponant ،
عدنا بالقطار وابتدئنا بوضع الأسس الأولى لما سوف يصبح لاحقاً "العرض". لا عنواناً، ولا أفكار سينوجرافيّة، ولا شريكاً، إنّما رغبة مجنونة بالإخبار، بالقول، بالمشاركة...
منذئذٍ، نعم، في الخريف التالي، بات صالون جولان مختبراً. مسجّل رقمي، أوراق، أكّورديونان، شاي أخضر، نبيذ عُضوي...
نعزف، نغنّي، نكتب... بين سوق الحيّ، ومشوار للتهضيم، عودة كارين المباغتة على الفطور، والليلُ الذي يحلّ، الجُمَل تتدَوْزَن مع الموسيقى، الأسابيع تمرّ، التجارب تتوالى وتلك المسيرة المنتظمة تقدّم عرضاً للقراءة والسماع، حكاية، حكايات: **طريق الحظّ**.
"ورشةٌ أولى في الصالون" تَختم تلك المرحلة من الذهاب والإياب بين هناك وهنا... شكراً

سيباستيان برتران

S'adopter, s'adapter
par Catherine Dolto

Sébastien dit qu'il ne rêve pas. Je ne sais pas si c'est habituel que les enfants adoptés ne rêvent pas. Il n'y a pas de statistiques là-dessus. Qui les commanderait ? Ceux que ça intéresse, les archéologues du sujet humain, les fouilleurs de passé au service de l'avenir, ceux qui croient que le destin n'est pas une fatalité étendant son aile noire sur nos vies minuscules, ceux-là n'ont pas de budget pour les statistiques.

Par contre, grâce aux patients des tous âges qui m'ont fait assez confiance pour m'adopter, un temps, comme thérapeute, je sais que s'interdire de se souvenir de ses rêves n'est jamais anodin. Dire que ça signifie qu'on a traversé une enfance malheureuse, c'est un pas que je ne franchirai pas. La vérité des êtres n'est jamais simpliste. « Pas anodin », ça veut dire qu'il y a une cause, petite ou grande, pour qu'on ne puisse pas se permettre de repérer la trace de nos voyages dans les profondeurs de ce qui nous constitue. Dans les fondations de notre identité, tissée des événements qui, mis bout à bout, fabriquent notre histoire. Nous la « filons » comme on tire un fil (rouge évidemment) pour pouvoir tisser la soie du moi, du soi, de notre être, au plus intime. Comme si la trame de l'essentiel devait rester brumeuse, cachée, obscure, enfouie.

Les Amérindiens effaçaient leurs traces avec des branches pour qu'on ne puisse pas les suivre. Il y a dans cet effacement du passé de chacun une énigme, comme un sphinx intérieur qui garderait le secret d'une partie de notre identité. Tout se passe comme si une pièce du puzzle qui nous constitue se devait de rester invisible, comme pour jouer à cache-cache avec soi-même. Comme pour se protéger de ce qui serait trop fort pour être regardé en face, comme le soleil. « La promesse de l'aube », celle que toute mère fait à son nouveau-né, disait Romain Gary, est-elle aussi puissante que la lumière du soleil ? Oui, sans doute.
Et peut-être est-il nécessaire, ce manque, ce petit trou dans les mailles par où s'infiltre le doute qui met tout en mouvement ? Pas de vie sans mystère. Je ne fais

أن أتبنّى نفسي، أن أتأقلم

بقلم كاترين دولتو

سيباستيان يقول إنّه لا يحلم. لا أعرفُ إذا كان من عادةِ الأطفال المتبَنّين أن لا يحلموا. ليس هناك من إحصاءات بهذا الشأن. مَن يهتمُّ أصلاً بإطلاق مثل هذا المسح؟ الذين يهمّهم هذا الموضوع، أي علماء آثار الشأن الإنساني، المنقّبون في الماضي لخدمة المستقبل، أولئك الذين يؤمنون بأنّ المصيرَ ليس قدراً مقضيّاً يفردُ جناحه الأسود فوق حيواتنا الضئيلة؛ فهؤلاء ليس لديهم ميزانيّة للإحصاءات.

في المقابل، وبفضل المَرضى من كلّ الأعمار الذين منحوني من ثقتهم ما يكفي لكي يتبنّوني لبعض الوقت، كمعالِجة، أدركتُ أنّ نهيَ الشخص نفسه عن تذكّر أحلامه ليس أمراً غيرَ ذي قيمة. أمّا القول لتفسير ذلك إنّ الشخصَ قد أمضى طفولة بائسة، فخطوةٌ لن أقوم بهَا. حقيقةُ البشر غير قابلة البتّة للتبسيط. " غير ذي قيمة" تعني أن هناك سبباً، صغيراً كان أم كبيراً، وراء عدم قدرتنا على السماح لأنفسنا بأن نعثرَ على بصمات رحلاتنا في أعماق العناصر التي تكوّننا. في أسس هويّتنا المنسوجة من الأحداث التي من شأنها حين نجمع أطرافها أن تصنع تاريخنا. "نسحبها" كما نسحب الخيط (أحمر بالطبع) حتى نتمكّن من نسج حرير الذات، الأنا، كياننا، الأكثر حميميّة. لكأنّ على حبكة الأساسيّ أن تظلّ ضبابيّة، مخبأة، معتّمة، مطمورة.

كان الهنود الحُمر يمحون آثارهم بالأغصان حتى لا يستطيع أحدٌ اللّحاقَ بهم. في هذا المحو لماضي كلٍّ منّا لغز، لكأنّه أبو هولٍ داخلي(سفينكس)، يحفظُ سرّ جُزءٍ من هويّتنا. يجري كلّ هذا الأمر كما لو أنّ على قطعةٍ من البازل الذي يكوّننا، أن تبقى غير مرئيّة، كما لو أننا نلعب لعبة التخفّي(الكاش كاش) مع أنفسنا. كما لو أننا نحمي أنفسنا من النظر مباشرةً إلى أمر بغاية القوّة، كما الشمس. هل "وعدُ الفجر"، ذلك الذي تقطعهُ كلّ أمٍّ لرضيعها، كما يقول رومان غاري، قويّ كنور الشمس؟ نعم، من دون شك.

ولعلّه ضروريٌّ ذلك النقص، تلك الثغرة الصغيرة في الدروع من حيث يتسرّب الشكّ الذي يحرّك كلّ شيء؟ لا حياةَ من دون أحاجي. لستُ ممّن يعتقدون أنّ على كلّ شيءٍ أن يُعرَفَ ويقال. أحبّ ذلك التشوّش الذي نحمله جميعاً في أنفسنا... وإن على درجات. أعتقد أنّ النفسَ مصنوعةٌ من المرمر الذي يهبُ الظلَّ والغموض بفضل وميضه المتألّق، أكثر ممّا هي مصنوعةٌ من البلّور المتألّق بشفافيّته. سعداءُ هم المشعورون(المشقوقون) لأنّهم يسرّبون النور. قلبُنا، آلامُنا، رغباتُنا، مخاوفُنا، تشكّل مصفاة. إنّ وظيفة الحياة بكليّتها هي في العمل على أن لا تخبئ تلك المصفاة الأمورَ الأساسيّة، بل أن تحمينا فحسب من الأمور التي، لهول وقعها علينا، قد تقودنا إلى الضياع.

pas partie de ceux qui croient que TOUT doit être su et dit. J'aime ce flou que nous portons tous en nous... mais à des degrés bien différents. L'âme, je crois, semble plus faite d'albâtre qui offre la pénombre et le mystère de ses lueurs assourdies que de cristal assourdissant de transparence. Heureux les fêlés car ils laissent passer la lumière. Notre cœur, nos peines, nos désirs, nos peurs, forment un filtre. C'est la tâche de toute une vie de travailler à ce que ce filtre ne cache pas l'essentiel mais seulement nous protège de ce qui, à force d'être insoutenable, nous enfermerait dans l'errance.

Avec ce texte, Sébastien Bertrand et son complice Yannick Jaulin font un immense cadeau à tous les parents adoptifs et à tous les enfants adoptés. Bien sûr.

Mais ils font aussi un immense cadeau à tous les humains qui sont nés de deux parents, connus d'eux ou pas, c'est-à-dire à nous tous. Même à ceux nés dans des familles plan-plan, simples, « normales », si tant est que cela existe ou que quelqu'un puisse nous expliquer ce que c'est exactement...

L'adoption, c'est difficile. Il faudrait un cœur débordant d'amour pour se lancer dans une pareille aventure.

Difficile d'accueillir un enfant plein de mystères. Gorgé dans sa chair de mémoires sensuelles (je veux parler du sensoriel affecté d'un indice affectif) de perceptions qui deviennent des sensations qui génèrent des sentiments de plaisir/déplaisir, agréable/désagréable, sécurisant/effrayant. Même si on connaît les éléments de notre histoire, le trésor secret – douloureux ou merveilleux – de son propre passé, personne n'y aura jamais accès directement, ni complètement.

Si on veut y fouiller, et ce n'est pas forcément toujours nécessaire, il faut chercher. Cette démarche nous colle le nez sur ce que nous ne voulons pas toujours voir : nous sommes pris dans un tissu, humain, social qui s'étend dans le présent mais plonge ses racines dans la profondeur des générations qui nous ont précédés. NOUS est plein d'AUTRES. Et en même temps, naître c'est découvrir qu'à un certain niveau, on est seul au monde.

C'est un des nombreux paradoxes qui provoquent l'humain engagé sur le chemin vers son humanité.

Partir à l'aventure dans le passé, le sien, celui de ses ancêtres, chercher comme un scientifique véritable, c'est-à-dire en acceptant avec humilité la vérité, même quand elle est dérangeante, cela ne peut se faire seul. Parfois il faut un thérapeute, souvent il faut une association ou une institution. Une main qui se tend, un autre humain, un seul, pour soutenir notre désir. Pour Sébastien ce furent sœur Josèphe et Yannick Jaulin. Mais attention ! Quand je dis que cela nous concerne tous, je veux dire qu'à travers les aventures des adoptés et des adoptants, c'est un peu de chacun de nous qu'il s'agit.

عبر هذا النصّ، يمنحُ سيباستيان برتران وشريكُه يانيك جولان، هديّةً عظيمةً لجميع الأهل الذين يتبنّون أولاداً، كما لجميع الأولاد المتبنّين. بالتأكيد. ولكنّهما يمنحان أيضاً هديّة عظيمة لجميع البشر الذين وُلدوا من أبوين معلومَين أم لا، أي نحن جميعاً. حتى لأولئك المولودين في عائلات تقليديّة، بسيطة، "طبيعيّة"... في حال وجودها فعلاً، أو في حال استطاع أحدٌ أن يفسّرَ لنا ماهيّتها بالتحديد.

التبنّي أمرٌ صعب. لا بدّ من وجود قلب يفيض بالحبّ من أجل الخوض في مغامرةٍ كهذه.

من الصعب استقبال طفلٍ مليء بالأسرار. فهو مشبعٌ بشهوة ذكرياته الجنسيّة (أعني الناحية الحسيّة المتضرّرة بسبب عارضٍ عاطفي)؛ بمداركَ تتحوّل إلى أحاسيس تولّدُ بدورها مشاعرَ الانشراح/الانزعاج، الممتع/الكريه، مُطمْئِن/مخيف.

حتى ولو كنا نعرفُ عناصرَ تاريخنا، ذلك الكنزُ السرّي – المؤلم أو الرائع – لماضينا الشخصي، ليس بوسع أحد منا على الإطلاق الدخول إليه؛ لا مباشرةً ولا بصورة كاملة.

إذا شئنا التنقيب هناك، علماً أنّ ذلك ليس ضروريّاً دائماً، فعلينا البحث. ذلك لأنّ هذا المسعى يضعنا وجهاً لوجه إزاءَ أمور لا نريد دائماً رؤيتها: فنحنُ نعلقُ داخلَ نسيجٍ إنسانيّ واجتماعيّ يمتدُّ في الحاضر ولكنّ جذورَه مغروسةٌ في عمق الأجيال التي سبقتنا. نحن وكثيرون غيرنا. لكن، من ناحية أخرى، وفي الوقت نفسه، أن نولَد يعني أن نكتشف أننا وحيدون في العالم.

إنها واحدة من المفارقات التي تستفزّ الإنسان الذي ينخرط في الطريق باتّجاه إنسانيّته.

أن نخوض مغامرة في الماضي، ماضينا، ماضي أجدادنا، أن نبحثَ كعلماء فعليين، بمعنى أن نقبل الحقيقة بتواضع، حتى ولو كانت مُزعجة، أمرٌ ليس بوسعنا القيامُ به بمفردنا. نحن بحاجة أحياناً إلى معالِج، وغالباً إلى جمعيّة أو مؤسّسة، إلى يدٍ ممدودة، إلى إنسان، واحد، لكي يدعم رغبتنا. سيباستيان وجد في الأخت جوزيف ويانيك جولان تلك اليد الممدودة.

ولكنْ انتبهوا. حين أقول إنّ الأمر يعنينا جميعاً، فقصدي هو أنّ كلّ واحد منّا مستهدَفٌ بمغامرات كلٍّ من المتبَنّين ومن الذين يتبنّونهم.

ومهما زعمنا أنّ الطفلَ الذي يخرج من بطن أمّه غامض – بالنسبة إليها كما بالنسبة إلى الآخرين – بالقدْر نفسه تقريباً الذي يكون عليه طفلٌ آخر حملت به امرأةٌ أخرى. تقريباً. في معظم الحالات بالتأكيد، تُنسَجُ روابط متينة في أثناء الشهور التسعة من الحمل؛ ولكن، لا يقتصر الأمر على ذلك. فهذا الطفل أصبح هنا، مليء بالحياة والرغبات والمشاريع الغامضة. أنجزَ تسوّقَه الكروموزومي من العرض الذي قُدّمَ إليه ساعةَ تجسّده. يقول ألبير جاكار إنه إذا جرى بسطُ

Car, on a beau dire, l'enfant qui sort du ventre de sa mère est presque aussi mystérieux – pour elle comme pour les autres – que celui qu'une autre aurait porté. Presque. Bien sûr, dans la plupart des cas des liens forts se sont tissés pendant les neuf mois de la grossesse, mais quand même. Il est là, cet enfant, plein de vie, de désir, de projets souterrains. Il a fait son marché chromosomique dans l'offre qui lui a été faite au moment de son incarnation. Albert Jacquard dit que si on étalait toutes les combinaisons possibles entre les gènes proposés par le père et la mère, cela ferait un immense tapis allant jusqu'au premier anneau de Saturne ! À travers ses gènes, il porte en lui le message des ancêtres.

Mais, au fur et à mesure de sa vie prénatale, dans sa caverne obscure aux parois souples et changeantes, tantôt douces tantôt fermes ou dures, au chaud dans le liquide odorant dont le goût change souvent en fonction du menu de sa mère, mais aussi de ses humeurs (les hormones ont un goût : une mère en paix ou une mère angoissée cela n'a pas le même goût ni la même odeur) il a commencé à se connaître. Il a ressenti, mémorisé, appris à faire la différence entre ce qui est agréable et ce qui ne l'est pas, bref il a vécu des aventures, minuscules de notre point de vue, énormes du sien. Elles lui ont permis de faire un tri dans ce tapis de propositions génétiques, il a commencé à se construire, à dessiner son être, à se tailler son costume à vivre. Avec du vieux, il a fait du neuf, il a commencé à s'inventer à partir de tout ce que lui apportait le monde extérieur à travers sa mère : la présence de son père, ses frères et sœurs, les bruits de la ville, la radio et la télévision. Car, in utero, *l'enfant guette ce qui fait signe, il cherche, déjà, du sens à ce qui se passe autour de lui. Émotions fortes, joies, rires, plaisirs et peines, il perçoit les échos plus ou moins lointains, de tout ce que vit sa mère, plus ou moins intensément selon le degré d'intimité qu'il partage avec elle. Elle peut, déjà, le rassurer et le protéger des peines qu'elle éprouve, mais le bonheur, ils le partagent totalement. Avant même d'avoir une oreille pour entendre, les sons lui parviennent comme des vibrations ressenties dans sa chair. Ils font partie de son histoire ancienne et laisseront une trace très forte dans ses mémoires, y compris dans celles qui restent là, cachées, attendant le son, le moment, l'ouverture qui leur permettront de devenir un souvenir conscient. Ces mémoires-là, inscrites dans le secret de l'être, ne sont pas les moins importantes. Comme des fées intérieures, bonnes ou mauvaises – les fées, on sait ce que ça vaut – elles dirigent nos pas et nos vies, mine de rien. Drôles de marraines que ces fées du passé qui s'activent en sourdine pour infléchir l'avenir.*

Et puis il faut naître. Ce n'est pas un mince événement, cela mobilise des forces énormes. Pousser, frayer son chemin vers l'air, la lumière, se glisser petit à petit hors de sa mère et se brancher sur notre grand placenta commun : l'air qui envahit les poumons pour la première fois. Et c'est une avalanche de premières fois qui vous arrive, un vrai chaos. Ce qui est rassurant c'est d'affronter ça entouré de l'amour des parents. Les bras doux et chauds, les voix, les odeurs, le battement familier du cœur

التركيبات الممكنة كلّها من الجينات التي يمنحها الأب والأم، نحصل على سجّادة شاسعة تصل حتى الحلقة الأولى من زُحَل! من خلال جيناته، يحمل الطفلُ بداخله رسالة أجداده.
لكن، ومع تقدّم حياته ما قبل الولادة، يبدأ الطفلُ بالتعرّف إلى نفسه، داخل الكهف المظلم، ذي الجوانب الليّنة والمتغيّرة، الرقيقة أحياناً، والصُلبة أو الثابتة أحيانا أخرى، وهو يسبح في دفء السائل ذي الرائحة الذي يتبدّل طعمه في غالب الأحيان بحسب وجبةِ أمّه، ولكن أيضاً بحسب مزاجها (للهورمونات طعمها: أمٌّ مرتاحة أو أمٌّ قلقة، فرقٌ يؤدّي إلى رائحة وطعمٍ مختلفَين).
لقد أحسّ، وحفظ، وتعلّم أن يعيّن الفرق بين الممتع وغير الممتع. باختصار، لقد عاش مغامرات ضخمة من وجهة نظره، وإن صغيرة بنظرنا. تلك المغامرات سمحت له بأن يقوم بعمليّة الفرز داخل سجّادة العروض الجينيّة تلك. بدأ بإعمار نفسه، برسم شخصه، بتخطيط ثوبه الذي سوف يعيشه. انطلاقا من القديم، صنع الحديث. بدأ من خلال أمّه باختراع نفسِه استنادا إلى كلّ ما يقدّمه إليه العالم الخارجي: وجود أبيه، وأخته وأخواته، وضوضاء المدينة والراديو والتلفزيون. ابتداءً من الرحم، يراقبُ الطفلُ الإشارات كلّها، ويبحث منذ ذلك الوقت في إعطاء معنى لكلّ ما يجري حوله: انفعالات قويّة، ابتهاج، ضحك، ملذّات وآلام. فهو يلتقطُ إلى هذه الدرجة من القرب أو تلك، وبهذا القدْر من القوّة أو ذاك أصداء ما تعيشه أمّه، وذلك بحسب درجة الحميميّة التي يتقاسمها معها. تستطيع هذه الأخيرة ومنذ ذلك الوقت طمأنته إزاء الآلام التي تعانيها وحمايته منها. أمّا السعادة، فيتقاسمانها تماماً. حتى قبل أن تنبت لديه أذنٌ ليسمع، تبلغه الأصواتُ على صورة ذبذباتٍ يشعرُ بها في بدنه. فهي تنتمي إلى تاريخه القديم وتتركُ في ذكرياته بصمةً عميقة، ومن ضمنها تلك التي تظلّ هناك، مختبئة، بانتظار الصوت واللحظة المناسبين اللذين يسمحان لها بأن تتحوّل إلى ذكرى واعية. ليست تلك الذكريات المدوّنة في سرّ الإنسان، ضئيلة الأهميّة. فهي كالساحرات الداخليّة الطيّبة أو الشرّيرة – نعلم أنّ هناك قيمة للساحرات – تقود خطواتنا وحيواتنا من دون إثارة انتباهنا. ساحرات الماضي تلك هي العرّابات الغريبة التي تنشط بصمت من أجل تحويل مستقبلنا وتعديله.
ثمّ علينا أن نولَد. هذا الأمرُ ليس حدثاً ضحلاً، فهو يستنفر قوىً ضخمة. علينا الدفع، وشقّ طريقنا نحو الخارج، والضوء؛ الانزلاق تدريجيّاً خارجَ أمّنا وانضمامنا إلى الغشاء المشترك الكبير (placenta): الهواء الذي يجتاح رئتينا للمرّة الأولى. يجتاحنا وابلٌ من المرّات الاولى؛ فوضى حقيقيّة. الجانب المطمئن هنا يكمن في مواجهة ذلك ونحن مغمورون بمحبّة الأهل، بأذرعهم الناعمة والدافئة، بالأصوات

de notre mère, le doux va et vient de son souffle qui permet d'accepter ce nombril devenu soudain muet, par lequel ne nous parvient plus la source de vie du cordon ombilical. Le cordon et le placenta, en voilà une perte ! On pouvait jouer avec eux, les serrer dans les mains, les caresser, ils étaient pulsatiles, odorants, sonores, ils faisaient partie de nous, et voilà qu'ils ne sont plus là.
Quand des bras, des mots, des gestes doux nous accueillent, on trouve la force d'avancer tranquillement dans ce monde où le nouveau domine mais où le passé nous donne un appui. On puise dans le fait de reconnaître la force de découvrir. C'est si intéressant la vie. Peu à peu, on commence à donner du sens aux événements, à ordonner le chaos. On nous donne un nom et avec lui, la force de le porter. Le processus des adoptions mutuelles est lancé. Car, même sorti de notre ventre, même porteur d'une partie de nos gènes, cet incroyable visiteur doit se faire adopter (il n'est jamais comme on l'avait imaginé) et il doit lui aussi adopter sa famille. S'adapter implique d'adopter et pour que ça fonctionne, il faut que chacun parcoure le chemin vers l'autre.

Mais, pour certains enfants, ça ne se passe pas comme ça. Je ne parle pas de ceux qui ont des naissances difficiles, voire dangereuses, il y aurait tant à dire… Non, je parle de ceux que leur mère et leur père ne peuvent pas accueillir le cœur en paix. Les raisons sont multiples.

Certaines femmes savent tout de suite qu'elles ne vont pas pouvoir élever leur enfant et le confient à l'adoption sans le voir, pour se protéger d'un lien trop attachant. Certaines croient que c'est l'enfant qu'elles protègent par cet éloignement implacable. D'autres hésitent, essayent de garder l'enfant mais la vie, le monde qui les entoure – et surtout qui ne les entoure pas – les obligent à confier l'enfant après quelques semaines, ou mois, d'un tête-à-tête dont on peut penser qu'il n'est ni paisible ni rassurant. Mais au moins, il aura permis au nouveau venu de construire une continuité entre l'avant et l'après naître. Il aura pu faire l'inventaire sensuel du nouveau-né, celui dont nous avons tous besoin dans les premières heures de notre vie aérienne. Celui qui amène l'enfant à cette conclusion essentielle : « si c'est bien eux, je suis bien moi, et un jour je pourrai dire je ».

Comment font les bébés brusquement privés de ces liens fondateurs, pour survivre et protéger leur désir de vivre ? Comment organisent-ils le chaos des événements qu'ils doivent affronter sans ce fil rouge qui donne le sentiment d'une identité continue ? Mystère. Et respect immense pour ces héros qui, tels des voyageurs de l'espace, s'avancent plus seuls que les autres dans ce monde inconnu. Ce qui est sûr, c'est qu'ils se livrent à des acrobaties intimes pour ne pas devenir fous de peur ou de chagrin. On ne sort pas indemne d'une aventure si forte, placée si tôt sur le parcours. On s'en trouve renforcé ou affaibli, c'est selon, personne ne sait pourquoi et comment

وبالروائح، بدقّات قلب أمّنا المألوفة، بتناغم نَفَسِها الذي يسمح لنا بتقبّل هذه السُرّة التي أضحت فجأةً صامتة، والتي لم يعد يأتينا مصدر الحياة بواسطتها من الحبل السُرّي. الحبل والغشاء... يا لهما من خسارة! كان بوُسعنا اللعب معهما، صرّهما بين يدينا، مداعبتهما. كانا نابضين، عَطِرَين، رَنّانَين. كانا جزءاً منّا، وها هما لم يعودا الآن هنا. عندما تستقبلنا أذرعٌ وكلماتٌ وحركاتٌ رقيقة، نجد القدرة على التقدّم براحة في هذا العالم حيث يسيطر الجديد، فيما يمنحنا الماضي دعمَه. نستمدّ قوّة الاكتشاف من قدرتنا على التذكّر. الحياة مثيرةٌ جدّاً للاهتمام. نبدأ شيئاً فشيئاً بمنح الأحداث معانيها، بتنظيم الفوضى. يمنحوننا اسما وبمعيّته القوّة لحمله. تنطلق من هنا صيرورة التبنّي المتبادل. فهذا الزائر المدهش، وإنْ خرجَ من رحمنا، حاملاً جزءاً من جيناتنا، هو بحاجة إلى أن يجري تبنّيه (فهو ليس البتّة على الصورة التي تخيّلناها)، فيما عليه هو تبنّي عائلته. فالتآلف يستتبع التبنّي. ولكي تدور هذه العمليّة كما ينبغي، على كلٍّ من الطرفين أن يقطع الطريق باتّجاه الآخر.

ولكنّ الأمور لا تجري على هذا النحو بالنسبة لبعض الأطفال. لستُ أقصد هنا أولئك الذين كانت ولاداتهم صعبة، لا بل خطرة؛ فالكلام كثير على هذا الموضوع... كلاّ، فأنا أتحدّث عن أولئك الذين ليس بوُسع أمّهاتهم وآبائهم استقبالهم برضا. الأسباب عديدة.

بعض الأمهات يدركن فوراً أنّهنّ لن يستطعن تربية ولدهنّ، فيعهدن به إلى التبنّي من دون أن يرينه؛ وذلك ليجنّبن أنفسهنّ وزر رباطٍ قوي. بعضهنّ في المقابل يلجأن إلى هذا الفعل لاعتقادهنّ أنّهنّ إنّما يحمين الطفل عبر ذلك الإبعاد القاسي. البعض الآخر منهنّ يتردّد، فيحاولن الاحتفاظ بالطفل. ولكنّ الحياةَ، والعالم الذي يحيط بهنّ – وخصوصاً ذلك الذي لا يحيط بهنّ – يجبرهنّ على تسليمه بعد أسابيع أو أشهر من المواجهة غير المريحة وغير المطمئنة. ولكنّ هذه المدّة سمحت على الأقل للمولود الجديد بأن يبني استمراريّةً ما بين حقبة ما قبل الولادة وما بعدها. إذ يكون فيها المولود الجديد قد أنجز الجردة الحسيّة التي نحن جميعاً بحاجة إليها في الساعات الأولى من حياتنا الجويّة. تلك الجردة التي تقود الطفل إلى هذه النتيجة الأساسيّة: "إذا كانوا هم فعلاً هم، فأنا أنا بالفعل. وفي قابل الأيام، سوف أستطيع أن أقول أنا".

كيف يستطيع الأطفال المحرومون فجأةً من تلك الروابط التأسيسيّة الصمود وحماية رغبتهم في العيش؟ كيف يستطيعون تنظيم فوضى الأحداث التي عليهم مواجهتها في غياب ذلك الخيط الأحمر الذي يؤمّن الإحساس باستمراريّة الهويّة؟ لغز. وتقديرٌ جمّ لأولئك الأبطال الذين كمثل رجال الفضاء، يتقدّمون وحيدين أكثر من سواهم من البشر في هذا

cette loterie-là se joue. Certains en tirent plus de forces que les autres qui n'ont pas affronté cette extrême solitude. Certains cherchent à retrouver la dynamique de l'amour. D'autres ont été trop loin dans la peur et l'isolement, la déchirure a été trop grande. Pour ceux-là, il y aura, pour toujours peut-être, un incomblable dont on a parfois le sentiment qu'ils le revendiquent. Comme une colère contre la vie et les humains qui leur rend l'acte d'aimer presque impossible. Dans le tissu de leur âme court un fil d'amertume, un « à quoi bon ? » qui vient empoisonner souterrainement leurs capacités d'aller à la rencontre. Dans le secret de son cœur, l'enfant abandonné prépare, à son insu, son avenir.

Et puis un jour – dans les contes de fée, on dit un beau jour, mais les grandes personnes savent bien qu'on dit ça pour avoir moins peur – c'est la rencontre avec les futurs parents. Et là se trouvent, ou ne se trouvent pas, les fondements de l'alchimie de l'amour. Les adoptants sont plus ou moins au clair avec ce qu'ils attendent de l'adoption, en tout cas ils ont en général disposé d'un long, trop long parfois, temps de réflexion sur le sujet. L'adopté pas toujours. Parfois, parce qu'il est trop jeune, parfois parce que les mots qui permettent de comprendre et d'accepter l'énigme de la vie n'ont pas été prononcés. Il y a tellement d'adultes qui pensent que tant qu'on ne parle pas on n'a pas besoin de mots ! Alors que nous sommes faits par et pour le langage. Bien sûr, « il y a des gestes qui parlent et des mots qui touchent », comme dit le psychanalyste Joël Clerget. Mais, pour qu'un mammifère humain se hisse vers les valeurs d'humanité qu'il porte en lui, il faut les deux.

Partir vers une vie nouvelle, c'est une aventure qui va se jouer à plusieurs, mais tous ne mesurent pas de la même façon les difficultés et les écueils, ni les règles du jeu. Souvent, les grandes personnes oublient que l'enfant adopté, si petit soit-il, doit couper les amarres avec le monde où il avait provisoirement établi sa sécurité. Même médiocre, triste, pauvre en liens et distractions, c'était tout ce que la vie pouvait lui offrir à ce moment-là, et il en avait fait là SON monde. Même si, aux yeux des adultes elles étaient mal tissées, faites d'un chanvre grossier, rugueux, ces amarres, ce sont les siennes et elles le reliaient à son passé, donc à lui-même. Elles avaient valeur de sécurité. Il doit y renoncer, accepter cette nouvelle coupure qui taille une brèche dans la texture de sa vie. C'est un acte qui demande du courage. Dans ces moments-là, quelques mots d'encouragement, de soutien, de partage et d'explication sont toujours bienvenus. Les héros se sentent moins seuls quand leurs actes sont reconnus pour ce qu'ils sont. On le comprend assez bien pour les grands enfants dont on accompagne la transition, mais, pour les bébés, on s'en soucie moins. Qui croit qu'un bébé pense ? Pourtant…

L'acte de penser sa propre vie, de donner sens, se fait différemment selon les âges, mais il se fait, toujours.

العالم المجهول. الأكيد هو أنّ هؤلاء الأطفال يلجئون إلى حِيَلٍ حميميّة معقّدة وبهلوانيّاتٍ بارعة لكي يتجنّبوا الغرق في الجنونِ أو الأسى. لا نخرجُ بسلامة من هكذا مغامرة بهذه القوّة وُضِعت باكراً جدّاً في طريقنا. نخرجُ منها أكثر قوة أو بالعكس أكثر ضعفاً. كلّ الاحتمالات واردة. لا يعرف أحدٌ نظامَ لعبة الحظّ هذه. بعضهم يحصد قوى أكثر من آخرين لم يواجهوا من جهتهم تلك الوحدة القصوى. بعضهم الآخر يسعى لاستعادة ديناميّة الحبّ. آخرون ذهبوا بعيداً في الخوف والانعزال. فالصَّدعُ كان كبيراً جدّاً. سيشعر هؤلاء، ربّما على الدوام، باللاّتعويض، ويبدون أحياناً وكأنّهم يطالبون به. كغضب ضدّ الحياة والبشر بما يجعل من الحبّ فعلاً مستحيلاً. ففي نسيج روحهم يقطعّ خيطٌ من المرارة، وتقيم لديهم فكرة "وما الجدوى؟"، التي تسمّم خفية قدراتهم على الذهاب باتّجاه اللقاء والتواصل. ففي سرّ قلبه، ومن دون علمه، يحضّر الطفلُ المتروك مستقبله.

وذات يوم – في حكايات الساحرات نقول ذات يوم، ولكنّ الكبار يعلمون جيّداً أننا نقول ذلك كي نشعر بخوفٍ أقلّ – يحدثُ اللقاء مع أهل المستقبل. وهنا تكون كيمياء الحب أو لا تكون. الذين يتبنّون واضحون إلى هذا الحدّ أو ذاك في مرادهم من التبنّي. فغالباً مايكونون استغرقوا وقتاً طويلاً، لا بل طويلٌ جداً، في التفكير بهذا الموضوع. العكس ليس صحيحاً دائماً بالنسبة للمتبنّى. وذلك لأنّ هذا الأخير يكون أحياناً فتيّاً جدّاً، وطوراً لأنّ الكلمات التي تسمح له بفهم لغز الحياة وتقبّله لم يُنطَق بها. فهناك العديد من البالغين يعتقدون أنه طالما لا نتكلّم فلا حاجة للكلمات! علماً أننا صُنِعنا من اللغة ولأجلها. صحيح أنّ هناك "حركات تتكلّم، وكلاماً يلمس"، كما يقول المحلّل النفسي جويل كليرجيه. ولكن لابدّ من الإثنين معاً لكي يرقى ذلك الثدييّ البشري نحو القيم البشريّة التي يحملها في داخله.

الذهاب باتّجاه حياة جديدة، مغامرة يخوضها أكثر من طرف. ولكنّ هؤلاء الأطراف لا يقيسون بنفس الطريقة المصاعب والعقبات ولا حتى نظام اللعب. غالباً ما ينسى الكبار أن على الطفل المتبنّى، مهما كان صغيراً، أن يقطع حبل المرساة مع العالم الذي بنى فيه مؤقّتاً شبكة الآمان. حتى ولو كان قليل الذكاء وحزيناً وفقيراً في علاقاته وأبواب تسليته، فهذا كلّ ما قدمته إليه الحياة في تلك الفترة، فجعل منه عالمه هو. حتى ولو كانت غير منسوجة بإحكام بنظر البالغين، ومصنوعة من القنّب الغليظ، الخشن، فهذه الحبال هي حباله وهي تربطه بماضيه، أي بنفسه. فقيمتها أنها تمثّل له الأمان. عليه أن يتخلّى عنها، وقبول هذا المزق الجديد الذي يقصّ قطعةً من نسيج حياته. يتطلّب هذا الفعل شجاعة. في مثل هذه الأوقات، من البديهي أن تكون كلمات التشجيع والدعم والتشارك والتوضيح (التفسير) مرحّباً بها. إذ يشعر الأبطال أنهم ليسوا

Une fois fait le deuil du passé, il faut encore accepter le présent. Commencer à entrer dans la danse des adoptés et des adoptants. Les figures en sont complexes. Un grand pas en avant, deux pas de côté, un petit pas en arrière, un moment de face à face intense avec un des parents puis avec l'autre, pas tout le temps les deux en même temps. Rester les bras ouverts, le geste suspendu en l'air, pendant que l'autre a besoin de temps. La temporalité de l'autre est un mystère interpellant. Là, dans la patience, dans l'acceptation de l'obscurité de l'autre, se trouve la grande épreuve de l'amour. Et cela concerne les parents comme les enfants. Les enfants adoptés sont toujours interpellés et très intéressés quand on leur demande s'ils ont adopté leurs parents.
On considère qu'il y a une générosité implicite dans l'adoption à laquelle doit obligatoirement répondre l'adhésion de l'enfant. Ce n'est pas si simple. Le cœur des adoptés est un cœur meurtri, échaudé, plus complexe encore que celui des autres.
« Nous sommes des êtres de commencement », disait Hannah Arendt. Oui, mais chez les humains, la force d'entreprendre pour faire du neuf est transmise. C'est un don, fait consciemment ou pas, par les adultes tutélaires. Commencer, c'est prendre une direction. Et là encore, les adultes jouent un rôle essentiel, qu'ils le veuillent ou non. Nos mères, en nous mettant au monde, nous transmettent la survie, reste à recevoir la vie qui elle se donne. Parfois ce ne sont pas nos parents de naissance qui nous font ce don d'amour, d'autres relèvent ce défi extraordinaire : transformer la survie en vie… tout simplement.

Et les voilà partis, nouveaux parents, nouvelle famille, mais passés, souvenirs, espoirs et non dits, vieux comme le monde. Vieux comme la peur d'être abandonné qui se rejoue pour chaque humain qui arrive au monde. Cette peur-là, c'est la Grande Sorcière. Comment vont-ils se débrouiller de tout ça, sans cartes ni boussoles, les adoptés et les adoptants ? Comme tous ceux qui ont voyagé sans cartes, juste avec les boussoles intérieures, celles qui guident vers ce qui paraît juste et bon.

La triste découverte, c'est qu'il ne suffit pas d'aimer. Car, si l'amour fait parfois des miracles, il n'est pas tout puissant. S'il l'était, ça se saurait… Parfois, quand la peine et le désespoir ont trop profondément brouillé les pistes, l'amour échoue à permettre que se construise un lien acceptable par les uns et les autres. Soit parce que ce qui se vit est vraiment trop dur, soit parce qu'on n'arrive pas à accepter que ce qui s'établit là soit si différent de ce dont on avait rêvé. On ne parvient pas à faire de cette histoire son histoire. On ne peut pas l'adopter, la faire sienne et renoncer à ce qu'elle ne sera jamais. On rêve d'autres parents, d'autres enfants, d'autres vies.
S'adapter les uns aux autres, parents et enfants, tous un peu cabossés, tous en évolution, sans cesse, les uns grandissants, les autres vieillissants, c'est un art de chaque jour. La grande subtilité, c'est de ne pas se perdre soi-même, par peur. La peur de perdre l'amour, de blesser, d'être seul, nous amène parfois à nous adapter tellement

وحيدين حين يتم الاعتراف بأفعالهم على حقيقتها. لعلّنا نعي ذلك بالنسبة إلى الأولاد الذين نرافق عمليّة انتقالهم، خلافاً لما هي الحال بالنسبة للأطفال الصغار. مَن يصدّق أنّ الطفل يفكّر؟ ولكن....
تَفَكُّر الإنسان بحياته يتمّ بأشكال مختلفة تبعاً لسنّه، ولكنّه يحصل على الدوام.
بعد إقامة الحداد على الماضي، يبقى أمرُ تقبّل الحاضر قائماً. البدءُ بالدخول في رقصة المتبنّين والذين يتبنّونهم. الخطوات هنا مركّبة، معقّدة. خطوة كبيرة إلى الأمام، خطوتان جانبيّتان، خطوة صغيرة إلى الخلف، لحظة مواجهة قويّة، وجهاً لوجه، مع أحد الوالدين ثمّ مع الآخر، ليس كلّ الوقت مع الإثنين في الوقت نفسه. إبقاء الذراعين مفتوحتين، معلّقتين في الفضاء فيما يحتاج الآخر إلى الوقت. فزمانيّة الآخر لغزٌ مليء بالتساؤل. هنا، في الصبر، في قبول عتمة الآخر، يكمن اختبار الحبّ الكبير. وهذا الأمرُ يخصّ الأهل والأولاد سواء بسواء.
الأولادُ المتبنّون هم دائماً في حالة تساؤل، ويثارُ اهتمامهم عندما يُسألون إذا كانوا هم قد تبنّوا أهلهم.
نعتبر أنّ في التبنّي كرماً مُضمَراً، يتمثّل الردّ الحتمي عليه بموافقة الطفل. ليس الأمر بهذه البساطة. فقلبُ الأطفال المتبّنين هو قلبٌ مرضوض، محروق، وأكثر تعقيداً من قلب الآخرين.
"نحن مخلوقات البداية" كما تقول هَنّا أريندت. أجل. ولكن قوّة المبادرة عند البشر للقيام بفعل جديد، هي قوّة موروثة. إنها هبة يمنحها البالغون الأوصياء، أدركوا ذلك أم لم يدركوا. أن نبدأ يعني أن نتّخذ وجهة. وهنا أيضاً يلعب البالغون دوراً أساسيّاً؛ شاؤوا ذلك أم أبوا. حين تلدنا أمهاتنا، *ينقلن* إلينا حبّ البقاء. يبقى أن نستقبل الحياة؛ وهذه تمنحُ نفسها. يحدث أحياناً أن لا يكون أبوانا بالولادة هما اللذان يهبانا ذلك الحبّ. فينبري آخرون لردّ ذلك التحدّي الهائل: تحويل حبّ البقاء إلى حياة... بكلّ بساطة.
وها هم ينطلقون؛ والدان جديدان، عائلة جديدة، إنّما برفقة الماضي، والذكريات، والآمال والأقوال والمكبوتات، القديمة بقدم العالم. قديمة كمثل الخوف من الوقوع ضحيّة التخلّي، وهو الخوف الذي يستعيده كل بشريّ يأتي إلى هذا العالم. هذا الخوف بالتحديد، هو الساحرة الشرّيرة.
كيف سينجح المتبَنّون والذين يتبنونهم في عبور هذا الخضمّ من دون خرائط ولا بوصلة؟ مثل ما فعل جميع المسافرين من دون خرائط: بوصلة داخلية فحسب ترشدهم إلى ما هو بنظرهم عادل وخيّر.
الاكتشاف غير السار، هو أن الحبّ وحده لا يكفي. فإذا كان صحيحاً أنّ بمقدور الحب أن يصنع العجائب، فالصحيح أيضاً أنه ليس قوّة مطلقة. لو كان كذلك، لكنّا علمنا. عندما تختلط

à notre entourage que nous ne savons plus qui nous sommes. On devient infidèle à soi-même et c'est très inconfortable. Ce piège est peut-être plus dangereux dans les familles adoptives, mais je n'en suis pas certaine.

L'histoire de Sébastien Bertrand est magnifique parce qu'elle témoigne de la manière dont, en s'adaptant parfaitement à son état de Vendéen, en faisant même flamboyer dans sa musique ses racines d'emprunt, faites siennes par amour, il a toujours laissé palpiter en lui le cœur de Vincent Bouchara. Fidèle à ses deux histoires qui en lui s'entrelacent, il en a fait de l'art et de l'art de vivre, tout simplement.
Il nous raconte tout cela et nous rappelle que chez nous, les humains, les mots sont comme des anges gardiens. Ils protègent, ils organisent le sens, ils accompagnent et soutiennent les mutations successives qui font d'un bébé vagissant qui s'affronte à la solitude, un homme debout qui transmet, qui dit du vrai et souffle de l'espoir dans les bronches des découragés. C'est-à-dire de chacun d'entre nous… par moments.
Mais qu'on ne s'y trompe pas, les mots n'auraient pas d'intérêt s'ils n'étaient pas portés par une voix, accompagnés d'un regard, filés dans le souffle d'un vivant. Dignité des muscles, noblesse des cartilages et des tendons qui portent la voix et font résonner la chair pour qu'elle devienne porteuse de sens. On cherche le mot juste, on fait résonner les sinus et se produit alors le miracle de la voix. Les premiers mots furent parlés, l'écriture est venue plus tard. La parole témoigne du tricotage du corps et du cœur, elle nous rappelle sans cesse que sans ce désir qui nous porte vers l'autre pour échanger du sens, partager du bon, du beau, du vrai, du juste, de la rage, de la colère, du désespoir ou de la joie, nous serions des mammifères comme les autres.

Catherine Dolto
Paris, 19 janvier 2011

الأمور أحياناً، بسبب المعاناة واليأس، يفشل الحبّ في السماح بأن ينبني رابط بين الطرفين. وذلك إمّا لأنّ ما يُعاش في غاية القساوة، أو لأنّنا لا نستطيع تقبّل واقع أن يكون الوضع الذي ينشأ مغايراً لما كنّا تخيّلناه. لا نتمكّن من اعتماد هذه السيرة على أنها سيرتنا. ليس بوسعنا تبنّيها، اعتبارها سيرتنا، والتخلّي عمّا لن تصبح عليه البتّة. نحلم بأهل آخرين، وبأولادٍ آخرين، وبحيواتٍ أخرى.
إنه فنّ يومي أن نتأقلم بعضنا مع بعض، أهلاً وأولاداً، فيما نحن مبعوجون بعض الشيء، نتطوّر باستمرار، بعضنا يكبر، وبعضنا الآخر يشيخ. البراعة الكبرى هي في أن لا نضيّع أنفسنا بسبب الخوف. فالخوف من خسارة الحب، من جرح الآخرين، من الوحدة، يقودنا إلى الانتماء إلى محيطنا لدرجة تجعلنا لا نعود معها ندرك من نحن. نصبح غير مخلصين إزاء أنفسنا؛ وهذا أمر غير مريح. هذا الفخّ يمثّل خطورة أكبر لدى العائلات المعنيّة بالتبنّي، ولكنّني لست متأكّدة من ذلك.
سيرةُ سيباستيان برتران رائعة لأنها شاهدٌ على الطريقة التي تمكّن فيها هذا الأخير من التأقلم مع وضعه المتبنّى كإبنٍ لفانديه Vendéen ، ذاهباً أبعد من ذلك جاعلاً من جذوره المستعارة التي تبنّاها عن حبٍ تتوهّج في موسيقاه؛ ولكنّه أبقى على خفقان قلب فانسان بشارة في داخله. بكلّ بساطة، أنتج من إخلاصه لسيرتيه المتداخلتين في ذاته فنّاً وفنّ حياة.
يخبرنا كلّ ذلك، ويذكّرنا بأنّ الكلمات عندنا، نحن البشر، ملائكة تحرسنا. ملائكة تحمي وتنظّم المعاني، وترافق وتدعم التحوّلات المتتالية التي تجعل من الطفل الذي يواجه الوحدة منذ صرخته الأولى، رجلاً منتصباً ينقلُ، يقول الحق وينفخ الأمل في رئة المحبطين. أي كلّ واحد منّا... في بعض الأوقات.
لكن علينا أن لا نخطيء. ما كان للكلمات أهميّة تُذكَر من دون الصوت الذي يحملها، والنظرة التي ترافقها، ونَفَس الإنسان الحيّ الذي جُدِلَت فيه. تحمل الصوتَ عضلاتٌ شريفة، وغضاريف وأوتار نبيلة فتجعلُ البدن يرنّ من أجل أن تصبحَ الكلمات حمّالةً للمعاني. نبحث عن الكلمة الصحيحة، ونجعل الجيب الأنفي يرن، فتحصل أعجوبة الصوت. الكلمات الأولى كانت شفويّة، بعد ذلك جاءت الكتابة. الكلمات تشهد لحبكة الجسم والقلب. إنها تذكّرنا باستمرار أنه من دون تلك الرغبة التي تحملنا صوب الآخر بهدف تبادل المعاني، والتشارك في الطيّب، والجميل، والحقيقة، والعدل، والغيظ، والغضب، واليأس، والفرح، نكون ثدييّن كما الآخرين.

كاترين دولتو
باريس 19 كانون الثاني(يناير) 2011

Sœur Josèphe

La sœur Josèphe me demande ce que je fais,
si je suis marié, si je suis marié à l'église,
si je suis pratiquant, si j'ai des enfants.
Les enfants, c'est important.
Elle me dit que c'est important de choisir une bonne épouse,
une épouse qui soit au service de l'homme,
et qu'elle, elle sait ce qu'est une bonne épouse,
une femme qui n'est pas matérialiste,
une femme qui s'attache à la relation avec son homme,
et non pas à toutes ces choses qui nous entourent
et surtout chez nous, en Europe.
Oui, c'est important les enfants.

Je suis assis sur un tabouret. Je me sens tout petit.
Sœur Josèphe me le dit : « C'est chez toi ».
Je le sais, je le sens.
L'odeur m'est déjà familière, c'est chez moi...

Le bruit, y'a du bruit partout, les enfants, la ville, les klaxons dehors.
Sœur Josèphe s'assoit devant les archives de l'orphelinat,
devant une armoire métallique grise,
tire les dossiers triés par ordre alphabétique.
Elle ouvre le classeur métallique gris, cherche à la lettre B,
B comme Bertrand ou Bouchara ou bonne nouvelle ?
Et je suis à côté et ça me fait peur.
Elle en touche plein des dossiers en plastique jaune.
Et en même temps, je suis fier, ému mais je ne pleure pas,
je me dis que ça va être drôle. >>>

الأخت جوزيف[8]

سألتني Sœur-Josèphe عن وضعي،

إذا مجوّز، إذا تزوّجت بالكنيسة، إذا كنت بمارس إيماني،
إذا عندي ولاد.
الولاد شغلة مهمّة،
قالتلي إنّو مهمّ الواحد يختار زوجة كويّسة[9]،
زوجة تكون بخدمة رجّالها،
وإنّو هيّي بتعرف شو يعني زوجة كويّسة،
مرا مش ماديّي،
مرا بتلتزم بعلاقتها برجّالها،
مش بكلّ هالشغلات اللّي محاوطتنا، وخصوصي عنّا بأوروبا.

إيه نعم، الولاد شغلة مهمّه.

أنا قاعد عا "تابوريه"[10] . حاسس حالي كتير صغير.

قالتلي "سور جوزيف": "البيت بيتك".
بعرف، حسّيت.
حتى الريحة بطّلت غريبة عليّي.
البيت بيتي.

[8] راهبة. وهي نفسُها التي كانت في الميتم عندما استقبل سيباستيان(فانسان) طفلاً، والتي عاد سيباستيان والتقاها بعد زهاء 35 عاماً.
[9] أي جيّدة بكلّ المعاني ولا سيّما منها الأخلاقيّة.
[10] مقعد خشبي عالٍ ودائري الشكل في الغالب ومن دون أذرع. يستقيم على 4 قوائم.

Elle sort mon dossier, un bout de moi resté là.
Je suis en salle d'opération. Elle m'ouvre.
Quel est cet inconnu qu'elle sort de moi ?
Elle tend le dossier comme ça, comme une sorte de trophée,
me le remet, me dit : « Tiens, regarde »,
et sans que j'aie le temps de l'ouvrir, de respirer un coup,
immédiatement, on part visiter l'orphelinat.
Je me promène avec ça dans la main.
C'est étonnant comme sensation.
J'ai mis trente-cinq ans pour traverser la mer,
survoler Suisse, Autriche, Turquie, Chypre...
Pour remonter le fil de mes origines, le fil cassé.
J'ai ce fil dans la main et je ne sais pas quoi faire avec...

....
ضجّة، ضجّة وين ما كان، الولاد، المدينة، الزمامير برّا.
"سور جوزيف" قعدت بوجّ أرشيف الميتم، قدّام خزانة حديد رمادية، وبلّشت تسحب الملفّات المصفوفة بحسب الأحرف الأبجديّة.
فتحت الملفّ المعدني الرمادي، وفتّشت عا حرف "ب"، "ب" متل برتران أو بشارة أو "بون نوفيل"؟
وأنا جنبا وخايف.
مرّقت إيدا على ملفّات كتيرة، نايلون، أصفر.
وبنفس الوقت، مفتخر بحالي، متأثّر بس ما عم إبكي،
قلت لحالي إنّو الوضع راح بيصير ظريف
سحبت ملفّي، شقفة[11] منّي باقية هون.
أنا بغرفة عمليّات. عم بتشقّني.
مين هالغريب إللّي عم تسحبه منّي.
ناولتني المغلف هيك، كأنّو شي غنيمة،
أعطتني ياه وقالتلي: "خود، شوف"،
وبلا ما تعطيني وقت لافتحو،
آخود نفس، رحنا فوراً نزور الميتم. مشيت وهوّي بايدي. شعور غريب.
قضّيت 35 سنة لقطعت البحر، وطرت فوق سويسرا، النمسا، تركيا، قبرص، لأكتشف أصولي، الخيط المقطوع. هالخيط بإيدي ومنّي عارف شو لازم أعمل فيه...

[11] قطعة.

Mon nom c'est le souk

Mon nom, c'est le souk !
Je m'appelle Sébastien Bertrand, c'est mon nom.
Pour l'état civil, Jean-Charles Bertrand.
Mais dans l'acte de naissance, Vincent Bouchara.
Puis, selon l'acte d'adoption, Vincent Jean-Charles Sébastien Bertrand.
C'est quoi mon nom en fait ?
Certificat de naissance.
Vincent, nom emprunté, fils de Robert Bouchara, nom emprunté,
et de Tania, nom emprunté,
crèche Saint-Vincent-de-Paul, rite latin.
C'est ça, emprunté.

Décret d'adoption,
vicariat apostolique latin, tribunal.
Jean-Charles Sébastien Bertrand par le fait d'être adopté
la nuit du 4 août par Jean-Pierre Bertrand
et Maguy Bertrand née Gaudin.
En m'adoptant, ils auraient pu garder Vincent, non ?
Mais y'avait une histoire familiale, un petit Vincent,
un cousin mort à la naissance et puis, mon père qu'a toujours hésité
sur les prénoms et ne voulait plus de Jean-Charles,
alors c'est Sébastien. Sébastien Bertrand.
Pas de grand Charles, ni de Jean,
un Sébastien comme le martyr traversé de flèches.
Mais moi, c'est mon chemin qui est drôlement fléché.
J'ai grandi chez nous, en Vendée, à Saint-Jean-de-Monts,
dans ma famille.
Mais, je suis né à Beyrouth le 23 janvier 1973
et je suis juste arrivé chez mes parents en avion.

إسمي السوق

إسمي السوق،
إسمي سيباستيان برتران، هيدا إسمي.
بدوائر النفوس، جان ـ شارل برتران.
بس بإخراج القيد، فانسان بشارة.
هلّق، بوثيقة التبنّي، فانسان جان ـ شارل سيباستيان برتران.
شو هوّي إسمي بالحقيقة؟ بوثيقة الولادة.
فانسان، إسم مستعار، إبن روبير بشارة، إسم مستعار، وإبن تانيا، إسم مستعار، حضانة مار منصور دي بول[12]، الطائفة لاتيني.
هيدا المستعار.
قرار التبنّي،
النيابة البابوية اللاّتينية، المحكمة.
جان ـ شارل سيباستيان برتران، بحكم تبنّيه ليلة 4 آب من قِبَل جان ـ بيار برتران و ماغي برتران المولودة غودان.
كان فيهن لمّا تبنّوني يخلّوني فانسان، لاء؟
بس كان فيه مشكلة بالعيلة، ولد كان إسمو فانسان، توفّى لمّا خلق، وبعدين، بيّي كان دقيق بمسألة الأسماء، وما كان بقى بدّو يسمّي جان ـ شارل، فَمشي بسيباستيان.
سيباستيان برتران. لا شارل العظيم، ولا جان، سيباستيان متل الشهيد المنخور بالنّبْلات.
بس أنا، طريقي هيّي المنخورة بالنبلات، بشكل غريب.
تربّيت وكبرت عنّا، مع عيلتي، بفانديه، بسان ـ جان ـ دي مون[13].
بس أنا ولدت ببيروت بـ 23 كانون التاني 1973
ووصلت دغري لعند أهلي بالطيّارة.

[12] جمعيّة خيريّة مسيحيّة منتشرة في العديد من البلدان وتُعنى بالأعمال الخيريّة وخصوصا في مساعدة الفقراء والأيتام.
[13] بلدة فرنسية في مقاطعة الفانديه ومنطقة اللوار. منتجع سياحي معروف على شاطىء الأطلسي.

Je ne rêve pas

Je suis dans les couloirs de l'orphelinat,
j'ai la main sur l'épaule de sœur Josèphe.
André et Yannick sont là, derrière moi.

Je ne rêve pas.

De toute façon, je ne rêve pas.
Jamais.
Je n'ai aucun souvenir d'avoir rêvé un jour.
De m'être réveillé à cause d'un rêve.
Ma mère m'a dit qu'une fois, j'avais hurlé à cause d'un cauchemar.
Une fois.
Mais la nuit, moi, je dors...

– Allô maman.
Je dors à la crèche chez les sœurs.

...

– Non, y'a juste Blanche, une dame de ménage qu'était déjà là y'a trente-cinq ans.

...

– Quand elles me disent « Ici c'est ta maison », je sens bien que c'est vrai.

...

– Oui, tout se passe bien. Sauf les orages, ce matin encore,
y'en a eu un énorme, 6 h du mat, ça m'a réveillé, une de ces trouilles.
Et tu sais comme j'ai peur de l'orage.
À ce propos, dis-moi, on me posait une question sur mes rêves.
J'étais incapable de répondre.
Est-ce que je faisais des cauchemars, petit ? >>>

لا أحلم

أنا بممرّات الميتم، إيدي على كتف سور جوزيف.
André et Yannick هون، خلفي. ما عم إحلم.
على كلّ حال، أنا ما بحلم.
أبداً.
ما بتذكّر أبداً إني حلمت ولا يوم.
إنّي فقت بسبب حلم.
إمّي قالتلي، إنّي فرد مرّة صرّخت بسبب كابوس. مرّة واحدة.
بس بالليل، أنا، بنام...

آلو ماما.

نايم بالحضانة عند الراهبات.

....

لاء، فيه بس بلانش، شغّالة بعدها هون من 35 سنة.

....

لمّا بيقولولي إنّو : " البيت بيتك"، بحس إنّو مظبوط.

....

إيه، كلّ شي تمام. إلاّ العواصف، اليوم الصبح طلعت واحدة كبيرة، الساعة 6 الصبح، فيّقتني. متّ رعبة[14]. وبتعرفي قدّيه أنا بخاف من العواصف. على فكرة، قوليلي، سألوني عن الأحلام. ما عرفت جاوب. كنت أعمل كوابيس، لمّا كنت صغير؟

[14] بالعاميّة اللبنانيّة: خوف شديد

Je ne savais rien des rêves.
De leur capacité à occuper un esprit.
À encombrer.
Je ne rêve pas.
Peut-être que je me protège du noir ?
Pour ne pas avoir peur dans le noir ?
Tout jeune adulte, j'ai vécu avec une femme qui notait ses rêves.
Une femme qui vivait parfois en plein jour au milieu de ses rêves.
Elle disait qu'il fallait descendre dans les marais.
Aller comprendre quelque chose du dedans de soi,
aller là où il fait noir.
Moi, je la laissais y aller.
Comme si, à travers elle, je pouvais sans trop de risque
me coltiner à l'inconnu.
Rêve donc pour moi, moi, j'ai du boulot.

Je restais au soleil. J'avais perdu les clés des souterrains,
et ça ne m'intéressait pas de les chercher,
en tout cas de les chercher dans le noir.
J'aime la lumière.

À l'époque, le Liban, je m'en fichais éperdument.
Je fumais le cigare et j'avais une grosse bagnole.
Et des lunettes noires.
Je frimais à mort.
Je voulais réussir.
Réussir quoi ? >>>

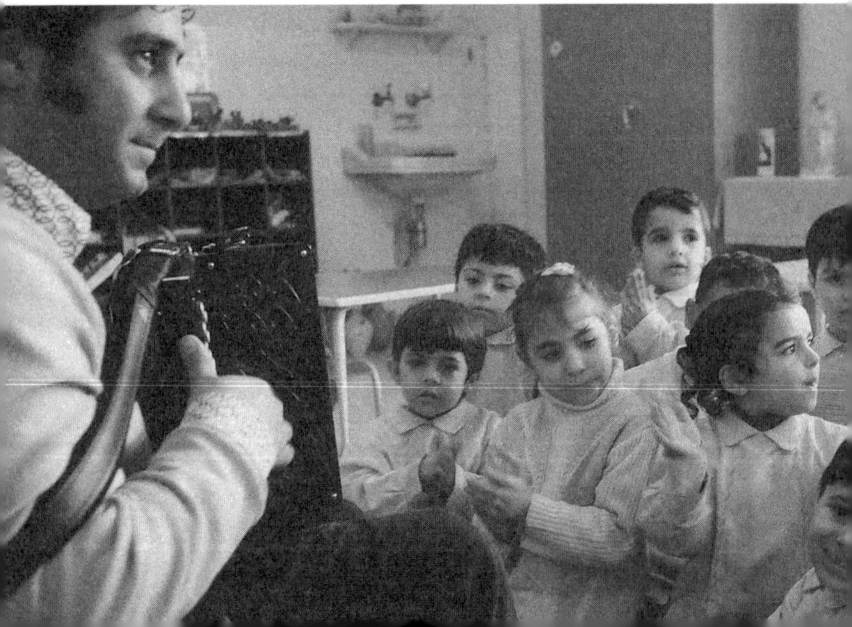

ما كنت أعرف شي عن الأحلام.
قدّيه فيهن يشغلوا الراس.
يخربطوه. ما بحلم.
يمكن هيك بكون عم إحمي حالي من العتمة؟
حتى ما خاف من العتمة؟
أوّل ما بَلَغت، عشت مع مرا كانت تسجّل أحلاما.
مرا كانت أوقات تعيش بنصّ النهار بقلب أحلاما.
كانت تقول إنّو لازم ننزل عالمستنقعات.
نروح لهونيك حتى نفهم شي عن داخليّتنا، نروح مطرح ما فيه عتمة.
أنا، كنت خلّيها تروح لهونيك.
كأنّي من خلالا كان فيّي إنقل حالي للمجهول،
من دون مخاطرة كبيرة.
"فإذن حْلَمي عنّي،
أنا عندي شغل".

كنت إبقى بالشمس. ضيّعت مفاتيح الدهاليز، وما كان بيهمّني فتّش عليهن، عالقليلة مش بالعتمة.
بحبّ النور.

بهيداك الوقت، ما كان فارقة معي لبنان بالمرّة.
كنت دخّن سيجار وكان عندي سيّارة فخمة.
وعوينات سود.
كنت فشّخ لا أللّه[15].
كان همّي إنجح.
إنجح بشو؟
حياتي الاجتماعيّة، العامّة.

[15] تعبير عامّي شعبي. والمقصود هنا: أتباهى بمظهري بادّعاء وخفّة.

Ma vie sociale, celle du dehors.
J'étais déjà un *kéké* terrible.
Je faisais du développement culturel au conseil général,
mais j'aurais pu faire de la politique.
En Vendée, quand on est jeune et dynamique,
branché sur l'associatif et dans les bons tuyaux,
y'a de la place pour faire la sienne.

J'aurais continué à aller dans les cocktails
avec ce monde qui régit son monde,
faire partie du petit cercle des hommes de pouvoir...
J'aurais eu une belle enveloppe.
J'aurais réussi.

Mais, j'aurais pu aussi réussir dans le commerce, *hé ho*, je suis Libanais. En Vendée, j'ai aussi vendu des maisons. Fils de maraîchin avec la fibre commerçante libanaise, je te jure que ça jetait des écouillages. J'explosais les scores.

Si j'étais resté au Liban, j'aurais réussi pareil.
J'aime la lumière.
C'est ma nature.
Dans la bonne société, avec les enfants rois et les bonnes traitées comme des chiens, j'aurais aussi pu devenir un exemple de réussite, des affaires, un gros 4 x 4 pour les rues encombrées de Beyrouth avec les lunettes noires forcément et une belle Kalachnikov pendant la guerre. >>>

كنت وقتا صرت ديوَنْجي[16] فظيع. كنت ناشط بالتنمية الثقافية بمجلس المقاطعة، بس كان فيّي كمان إشتغل سياسة.
بـ"فانديه"، لمّا بيكون الواحد شبّ ونشيط،
مظبّط حالو بالعمل الأهلي ومظبّط علاقاتو،
فيه مجال يظبّط لحالو موقع.

كان ممكن ضلّني روح عالكوكتيلات مع هالعالم اللّي بيديروا عالمو،
إنضمّ لحلقة أصحاب النفوذ.
كنت عملت ثروة. كنت نجحت.
بس كمان كنت نجحت بالتجارة.
شو لكن!!! ما أنا لبناني.[17]
بفانديه، كمان بعت بيوت.
إبن المستنقع أباً عن جدٍّ، مع عصب تجاري لبناني،
وحياتك شرقطة عالحلّ.
سكّرت السكورات كلّها[18].

لو كنت بقيت بلبنان، كان صار ذات الشي.
بحبّ النور.
هاي طبيعتي.
بالوسط الراقي، مع الولاد اللّي متل الملوك، والشغّالات اللّي بيعاملوهن متل الكلاب، كنت كمان قدرت صير نموذج للنجاح، أعمال، رانج ضخم خرج عجقات الطرقات ببيروت، وأكيد مع عوينات سود، وكلاشن[19]

[16] تعبير شعبيّ يشير إلى صنف من المخادعين والمحتالين المتذاكين بالكلام والتصرّف وخصوصاً لدى الشباب الذين يرغبون في إظهار شطارتهم ومهاراتهم
[17] يقصد الكاتب ما هو معروف أو مزعوم عن اللبنانيّ، أي ميله الفينيقي القويّ إلى التجارة وبراعته في ممارستها.
[18] الأرقام القياسيّة
[19] كلاشنيكوف: رشّاش أوتوماتيكي روسي الصّنع اشتهر كثيراً في حرب الشوارع في لبنان.

J'aurais mis de l'ambiance dans les milices.
Je suis un gars sociable.
J'aime bien être avec les mecs.
À boire des coups, à biner la lune...
À parler des heures pour ne rien dire.
Comme on fait à Achrafieh, dans le quartier chrétien de Beyrouth est, ou à Hamra à l'ouest, dans les bistrots en jouant au trictrac en fumant le narguilé...

Cette femme qui rêvait pour moi quand j'étais jeune.
Je pense à elle dans le couloir de l'orphelinat.
Elle m'a ramené vers moi.
Je ne l'ai pas vu à l'époque.
Elle m'a donné envie de traverser les marais. Mes marais.
Pas juste de les deviner ou de vivre à côté.
Je suis là et je marche.
Je sais que cette nuit je vais commencer à rêver.
Je vais y aller dans les marais.
Affronter les dragons.
Et j'aurai peur dans le noir...

وقت الحرب.
كنت عملت جوّ بالميليشيات.
أنا زلمة عشراوي[20].
غرامي كون مع الشباب.
دقّ كاس[21]، تكسير ولفّ[22]...
طقّ حنك عاليمين وعالشمال.
لعب طاولة بالقهاوي وأراجيل،
متل ما بيعملوا بالأشرفية عند المسيحيّين ببيروت الشرقية، أو بالحمرا بالغربية[23]...

هالمرا اللّي كانت تحلم محلّي لمّا كان بعدني شبّ صغير.
عم فكّر فيها بممشى الميتم.
رجّعتني لنفسي.
بوقتا، ما أخدت بالي.
خلّت يجي عا بالي إقطع المستنقعات. مستنقعاتي.
مش بس إلمحهن أو إربى حدّهن.
أنا هون وعم إمشي.
بعرف إنّو الليلة راح بلّش إحلم.

رح روح فيهن عالمستنقعات.
واجه التنّين. وبالعتمة راح خاف...

[20] أي لذيذ المعشر.
[21] أشرب الخمرة(العرق اللبناني مثلاً) مع الأصحاب وأدقّ كاسي بكأسهم كما هي العادة.
[22] يُستَخدَم هذا التعبير للدلالة على تكسير أقراص حشيشة الكيف ولفّ ورقة السيجارة عليها بغية تدخينها.
[23] في خلال الحرب الأهليّة في لبنان انقسمت بيروت إلى منطقتين متحاربتين: "الشرقيّة" وغالبيّة قاطنيها من المسيحيين في حين كانت أغلبيّة سكّان الغربية من المسلمين.

Je reviens

Dans l'avion pour Beyrouth,

je dis à Yannick et André que j'ai peu dormi.
J'ai l'impression qu'une protection, qu'une couverture très chaude est en train de glisser à mes pieds, je me sens comme une fusée en partance vers des étoiles nouvelles, des trous noirs, qui sait qu'elle ne pourra revenir en arrière. Je n'aurais pas pu y aller seul.

Je n'ai pas de mémoire d'avant.
Mon premier souvenir,
une peluche grise,
dans la maison de mes parents,
chemin de la Belle Étoile,
à Saint-Jean-de-Monts.

Beyrouth, je viens des deux bords de la mer
À Saint-Jean, j'ai grandi dans les yeux de mon père
Beyrouth, je reviens te parler de ma mère
À Saint-Jean, elle m'a dit les marais, les lumières

أعود

بالطيّارة وأنا راجع عا بيروت، قلت لـ Yannick
و André إنّي ما نمت منيح. عندي شعور وكأنّو في
شي متل الحماية، كأنّو شي غطا سخن عم يزحط عن إجريّي
حاسس حالي متل شي صاروخ انطلق صوب نجوم جديدة،
صوب حُفَر سودا، وعارف إنّو ما بقى يقدر يرجع لَورا.
ما كان فيي روح لهونيك لحالي.

ما عندي ذاكرة عن قبل.
أوّل ذكرى
"peluche" رماديّة
ببيت أهلي
Chemin de la belle étoile
بـ سان - جان - دو - مون

[
بيروت، أنا من شطّين لبحر واحد.
بسان جان، كْبِرِت بعيون بيّي
بيروت، رْجِعِت إحكيكِ عن إمّي
بسان جان، حِكْيِتْلي
]

Les mémoires

Y'a un enfant. C'est moi.
On est chez Mémé Nauleau à Saint-Jean-de-Monts, dans la cuisine. Sur la toile cirée, je mange des gaufrettes qui viennent de la boîte en fer. La boîte en fer, c'est bien pour conserver le moelleux de la gaufre parce que Mémé Nauleau, elle appelait gaufrettes les gaufres en forme de cœur. À côté, mon père s'occupe d'un Revox énorme, un magnéto à bandes sur la table. Il tourne. Mémé Nauleau chante *Virginie les larmes aux yeux...* Moi, je croyais que la vie c'était comme ça, qu'on allait voir des vieux pour les écouter chanter. Mémé Nauleau, Pierre et Ludovic Burgaud à Orouët, Fine-Poutoune à Noirmoutier et tant d'autres... J'étais dedans depuis toujours, une éponge. Et puis un jour, l'éponge a débordé. Je connaissais toutes ces chansons, toutes ces musiques. >>>

الذكريات

فيه ولد. أنا. نحنا عند ستّي Nauleau
بـ Saint-Jean-de-Monts ، بالمطبخ. فوق الغطا المشمّع
عم آكول رقاقات عسل جابتهن من علبة الحديد.
علبة الحديد لتخلّي البسكوتات المحشية طرايا، لأنّو ستّي
نولو كانت تسمّي البسكوتات اللّي شكلن
متل القلوب رقاقات.
بيّي حدّي حاطط راسو بالـ "Revox" ،
المسجّلة الضخمة إم شريط. شغّالة.
ستّي Nauleau عم تغنّي : *Virginie les larmes aux yeux* ...
أنا كنت مفكّر إنّو الحياة هيك، إنّو نزور الختياريّة
لحتى نسمعهن عم يغنّوا. ستّي Nauleau ، Pierre و
Ludovic Burgaud بـ Orouët[24] ، Fine-Poutoune
بـ Noirmoutier[25]، وكتار غيرن...
كنت كلّ الوقت السفنجة تبعهن. وبعدين إجا يوم،
فاضت السفنجة. حفظت كلّ هالأغاني، كلّ هالألحان.

[24] Orouët منطقة داخل مستنقع يحمل هذا الإسم في الفانديه.
[25] Noirmoutier جزيرة في الفانديه.

Dans sa 2 CV, il mouille sur le marais. On rit. Faut faire marcher les essuie-glaces à la main. Avec mon père, on fait tout ensemble. Et on est comme deux gouttes d'eau... Petits, râblés, la bouille ronde, et puis les gestes, les attitudes, la fierté. Il aime les motos anciennes, moi aussi. À 12 ans, j'avais déjà une Italjet, une moto pour enfant, une moderne pour m'habituer.

À 15 ans, j'ai retapé ma première moto de collection : une Terrot ecclésiastique, une moto pour les curés, vous savez, avec le réservoir devant et un creux pour poser la soutane et les filets sur la roue arrière pour empêcher que la soutane ne se prenne dans les rayons.

À 16 ans, j'ai acheté ma première moto à trois roues avec Nicolas, mon voisin. Une Yamaha, pour faire du cross dans la forêt. On faisait payer les pleins aux copains, pour leur prêter. On finissait le reste des réservoirs.

Y'avait trois cents motos dans le garage de mon père : Tricycle Deudion Bouton, New Impérial 1000, Labor d'avant la guerre 14, Griffon bicylindre. Elles chantent comme des vieilles. Elles me touchent.

J'ai collecté le marais tout entier avec mon père. On l'a trimbalé partout ce Revox. Mon père était persuadé qu'il fallait connaître son passé pour mieux exister aujourd'hui mais jamais l'idée ne m'était venue que je pouvais aller collecter ma propre histoire.

رِسِي بالـ 2 chevaux[26] تبعو بالمستنقع. صرنا نضحك. لازم نشغّل المسّاحات بالإيد. مع بيّي منعمل كلّ شي سوا. كأنّو بازقني بزق[27]... قصير، مربوع، وجّ مدوّر، وبعدين الحركات، التصرّفات، الراس المرفوع.

بيحبّ الموتويات القديمة. وأنا كمان. عالتناعش، كان عندي واحد إلي، موتوسيكل للولاد، واحد موديل جديد لأتعوّد.

عالخمستاعش، جدّدت أوّل موتو لا إلي من مجموعة بيّي: Terrot كهنوتيّة. موتو للخوارنة، يعني الريزيرفوار[28] قدّام ومطرح للغنباز[29] والشبك فوق الدولاب الخلفاني لحتى ما يعلق الغنباز بشريط الدولاب.

عالستاعش، اشتريت أوّل موتو 3 دواليب أنا ونيكولا جاري. موتو "ياماها" منشان الرحلات بالغابة. الأصحاب إذا بدّن يستعيروها، كانوا مجبورين يملّلوا الريزيرفوار. نحنا كنّا نْمَشْوِر باللّي بيفيض عنهن.

كان فيه 300 موتو بغاراج[30] بيّي:

Deudion Bouton بـ3 دواليب،
وواحد New Impérial 1000 ، وواحد Labor
من قبل حرب الأربعتاعش، وواحد Griffon
بدولابين. صوتهن متل غنا الختايرة. بيأثّرني.

أنا وبيّي أرشفنا[31] المستنقع كلّو.
ما بقي محلّ ما أخدنا عليه الـ Revox
كان بيّي يصرّ على إنّو لازم الواحد يعرف ماضيه لحتّى يكون حاضرو أحلى، بس ولا مرّة خطر عا بالي روح أرشِف حكايتي الشخصية.

[26] سيّارة فرنسية قديمة الطراز ماركة سيتروين، قوّة محرّكها حصانان. اشتهرت بناقل الحركة اليدوي السحّاب فيها وباستهلاكها المنخفض للوقود وبسعرها المعقول. لعلّها توازي لهذه النواحي، الفولكز فاغن (الدُعسوقة) الألمانيّة.
[27] تعبير شعبيّ بمعنى أنّي أشبهه كثيراً.
[28] كلمة فرنسيّة وتعني خزّان الوقود.
[29] المقصود هنا "جُبّة" الكاهن.
[30] عن الفرنسيّة وتعني المرآب.
[31] عن الفرنسيّة بمعنى وثّقنا.

Les Bouchara

Vincent Bouchara...

Le dossier que j'ai là, dans la main, dans le couloir de l'orphelinat.
J'ai le même en France. Je ne l'ai jamais regardé, jamais.
Ça ne m'intéressait pas.
Quelque chose en moi n'avait pas envie... d'explorer des hypothèses...
Et si tous les garçons avaient le même nom d'emprunt :
Vincent Bouchara.
Si ça s'trouve, y'a des centaines de Vincent Bouchara
cachés derrière des noms comme Sébastien Bertrand.

Je suis le David Vincent Bouchara ; je les vois partout.
La mission de David Vincent Bouchara, ça va être de les rassembler pour mettre toutes ces bonnes nouvelles au service du monde parce que Bouchara ça veut dire bonne nouvelle.
La sœur me dit qu'il n'y a presque plus d'orphelins déposés à la crèche. Il y a des nouveaux circuits... et puis les orphelins sont adoptés maintenant par des Libanais. Il y a trente ans, ça ne se faisait pas. >>>

آل بشارة

فانسان بشارة... المغلفّ اللّي بإيدي بممشى الميتم.
عندي متلو بفرنسا.
ولا مرّة فتحتو، ولا مرّة.
ما كان يهمّني
فيه شي فيّي ما كان رغبان..... يستكشف الفرضيّات.
وبلكي كلّ الصبيان مستعيرين ذات الإسم:
فانسان بشارة

إذا كان هالشي صحيح فمعناها فيه ميّات الـ فانسان بشارة خافيين حالن خلف أسماء متل سيباستيان برتران.

أنا داوود تبع كلّ فانسانات بشارة؛ معبّايين الدني.
مهمّة داود فانسان بشارة راح بتكون إنّو يجمعهن لحتى يكرّس كلّ هالأخبار الحلوة لخدمة العالم لأنّو بشارة معناها خبر حلو.

لـ "ما سور" قالتلي إنو ما بقى فيه تقريباً أيتام عم يِنْوَدَعوا بالحضانة. صار فيه جمعيّات جديدة.
بعدين، الأيتام صاروا بهالإيام يتبنّوهن اللبنانيّي نفسن.

من 30 سنة، ما كان حدا يعملها.

Partout dans le monde, y'a des parents assez aimants, assez généreux pour adopter. Faudrait pas réduire l'adoption à un commerce même s'il existe. À cause de l'infertilité. Paraît que c'est à cause des pesticides, les spermatozoïdes atomisés et les ovules flétris.

La sœur Josèphe me l'a dit :
ils sont plus difficiles à adopter quand ils sont noirs, tu sais !
Moi, j'aurais même pu être adopté en Amérique
chez des Afro-Américains.
Imaginez que j'aie été adopté au Kenya, les réflexions à l'école :
« Dis donc le pâlichon, t'as été élevé à la cave avec les endives ? »
Ça, ce serait original et rassurant.
On se dirait que le monde a changé.

Des fois, en Vendée, on m'a dit que j'étais un peu frisé, mais pas souvent, c'est seulement quand on sortait, ados, avec ma sœur, la grande blonde aux yeux verts.
« Moi ? Je suis son grand frère ! »

وين ما كان بالعالم فيه أهل محبّين وكُرَما بيتبنّوا.
ما لازم تكون القصّة بس تجارة حتى ولو موجودة.
بسبب العقم.
عم بيقولوا إنّو بسبب المبيدات، الـ spermes
عم يتدمّروا[32] ، والـ ovules عم يفسدوا[33].
"سور جوزيف" قالتلي ياها:
" بتعرف!! التبنّي أصعب لمّا بيكونوا سود".
أنا كان ممكن يتبنّوني حتى ناس أميركيين من
أصل أفريقي بأميركا.
تخيّلوا تبنّوني ناس بكينيا،
التعليقات بالمدرسة:
شو يا صفراوي، ربّوك بالقبو مع الأنديف؟[34]
هاي خبرية أوريجينال[35] وبتطمّن.
بيفكّر الواحد إنّو العالم تغيّر.

مرّات بفانديه، مرّات قليلة، كانوا يقولولي إنّو
شعري مجعّد،
يقولوا هيك بس لمّا كنّا نضهر سوا أنا وأختي،
شقرا وممشوقة وعيونها خضر..
" أنا؟... أنا خيّا الكبير!"

[32] الحيوانات المنويّة.
[33] البويضات.
[34] صَنف من الخضار (لُعاعة)
[35] تعبير فرنسي: فريدة، غريبة.

Petite sœur

Petite sœur, t'as eu peur de me perdre...
T'as eu peur de me perdre quand je suis parti à Beyrouth.
Tu ne comprends pas pourquoi j'ai attendu aussi longtemps.
Tu t'étais habituée à ma façon brutale de ne jamais parler de moi, de mon dedans mal éclairé.
Tu souffles maintenant.
Tu me dis que sans moi tu ne serais pas là, alors que tu me dois une vie, que je suis l'Orient de ta vie, ton lever de jour. Il a suffi que nos parents décident de m'adopter pour que maman tombe enceinte de toi et du frangin dans la foulée. Tu sais, c'est un grand classique, un air connu. Comme si j'avais été un nouveau souffle, c'est peut-être pour ça que je joue de l'accordéon, pour le souffle.

Et là, je pousse et je tire, et je pousse et je tire, et je pousse et je tire...
Et ça t'a fait peur.
Tu t'es dit qu'en passant de l'autre côté du miroir, en traversant la mer, j'allais comme faire une nouvelle naissance qui me ferait oublier ma vie d'ici, la tribu tout autour, ma famille. Oublier ma famille ? Ce noyau d'amour-là ? Cette chose-là qui m'a fait si solidement ?
Tu comprends que ce qui me fait tenir debout, c'est cet amour qui m'a rempli. J'ai été comblé, rempli. Je suis debout. Je peux supporter le voyage sur les sols plus fragiles. Hé, je suis du marais. Je sais sauter par-dessus les fossés avec le bâton, la perche, la ningle...
Je reviens et je vois dans tes yeux ton soulagement et moi ça me renverse de bonheur. Je ne me suis jamais senti aussi proche de toi.
Je suis allé à l'orphelinat et j'ai entrouvert les portes, enlevé le voile devant mes yeux. Je sens ma peau, mes émotions qui bouillent sous la carapace. Je sens l'air sur ma peau et ce souffle qui va jusqu'à l'intérieur de moi.

الشقيقة الصغرى

أخّوتي [36]، خفتِ تخسريني...
خفتِ تخسريني لمّا رحت عا بيروت.
ما عم فيك تستوعبي ليه انتظرت كلّ هالمدّة.
تعوّدتِ عليّي أرفض بفجاجة إنّي إحكي عن حالي،
عن داخليتي المعتّمة.
هلّق أخدتِ نَفَس.
عم تقوليلي إنّو لو ما انوجدت أنا، إنتي ما كنتِ جيتي عالدني. فإنتِ مديونة إلي بحياة، وإنّي شرق حياتك، فجرك.
مجرّد إنّو أهلنا قرّروا يتبنّوني، حبلت إمّي فيكِ وبخيّي بضهر البيعة.
كلاسيك، لحن معروف. كأنّي كنت نَفَس جديد، يمكن لهالسبب بلعب أكورديون، للنَفَس.
وهلّق، عم إدفش وإسحب، وإدفش وإسحب....
وهيدا خوّفك.
قلتِ لحالك إنّو لمّا إقطع المراية من ميل لميل،
لمّا إقطع البحر، راح إتعرّف عا شي جديد ينسّيني حياتي هون، والقبيلة اللّي حولها، عيلتي. إنسى عيلتي؟ بذرة الحب؟ هالشي اللّي عملني هالقدّ صلب؟

بتعرفي إنّو اللّي خلاّني أوقف عا إجريّي، هوّي هالحب اللّي ملاّني. تشبّعت منّو، ملاّني. أنا واقف عا إجريي.
قادر إتحمّل السفر عا أرض ألْيَن. ولو،
أنا من المستنقع. قادر نطّ بالعصا فوق
الجُوَر
رجعتْ، ارتحتِ، شفتْ هالشي بعيونك. وهالشي بيطيّرني من الفرح. ما بحياتي حسّيت حالي قريب إلك قدّ هلّق. رحت عالميتم وشقّيت البواب، ورفعت الستاير عن عيوني.
حاسس ببَشَرتي، بإنفعالاتي عم تغلي تحت هالدّرع.
حاسس الهوا عا جلدي وهالنفس اللّي واصل لجوّاتي.

[36] "أختي" تحبّباً. كأن يُقال بالفرنسيّة مثلا: Sœurette

L'accordéon

Une boîte en carton grise et un **accordéon**.
J'ai sept ans, je vais être musicien, tradition familiale.
Le père de ma grand-mère maternelle était musicien et tailleur.
Il battait la campagne avec sa Motobécane à courroie
pour jouer du cornet à piston et du violon.

Je vais l'emmener partout mon accordéon.
Dans mon pays qui s'étendait au bord des marais sur les cartes postales
en habit folklorique à gagner ma vie en saison : visite guidée du musée
avec l'histoire du pays, saut à la ningle, promenade en yole, stages
de danses traditionnelles et musiques.
Plus maraîchin que moi, tu meurs.
J'ai sept ans, j'ai un accordéon
et je ne serai plus jamais seul.

[*Moi j'ai un accordéon*
J'ai plus peur des dragons
Même si je sais
qu'ils ont la nuit
Mes démons sont démunis]

الأكورديون

علبة كرتون رمادية وأكورديون. عمري 7 سنين،
رح أعمل موسيقي، تقليد عائلي.
بيّا لستّي من جهة أمي كان موسيقي وخيّاط.
عَلـ Moto من منطقة لمنطقة حتى يعزف بوق[37]
وكمنجة.

أكورديوني رح يروح معي لوين ما بروح.
عَبلدي اللّي كانت حدودو شطوط المستنقعات
عالكروتي التذكاريّة[38] بالزي الفولكلوري
طلّع خارجيتي بالمواسم:
دليل لتاريخ بلدي بالمتحف،
قفز بالعصي، مشاوير بالزورق، ستاجات
رقص شعبيّ وموسيقى.
إلّلي مفكّر حالو إبن البلد قدّي[39]، يشرّف يفرجيني حالو.
عمري 7 سنين، عندي أكورديون. فَما بقى رح
كون وحدي أبداً.

أنا عندي أكورديون
ما بقى خاف التنانين
وحتّى لو الليل إلن كلّو
خوفي منن بيروح كلّو

[37] آلة نفخ موسيقيّة تشبه الترومبيت.
[38] عن الفرنسيّة بمعنى البطاقات التي تحمل صوراً ومناظر.
[39] أي بقدْري.

Mon visage

Dès la file d'attente à Roissy, à croire que **mon visage** se met à changer. Les gens s'adressent à moi en arabe. Je souris, je ne connais pas la langue.
Les choses existent quand on les met à la lumière. Je n'avais jamais remarqué que j'avais une gueule d'arabe. Maintenant, ça se voit.
On me pose la question souvent : « T'es d'où, toi Sébastien, avec ton teint mat et tes cheveux frisés ? »
Parfois, ça surprend et ça me ravit.
En racontant mon histoire, je suis devenu un « gapadchenous ».
Un gars qui m'a dit : « Ollez quand même incroyable qu'o soit un gars pas de chez nous qui porte not musique traditionnelle... ».

L'autre jour, rendez-vous avec le responsable des spectacles de Vendée. Je suis avec un musicien qui a un nom arabe mais pas du tout le physique. Il joue avec moi dans le groupe Sloï. On est là parce qu'on se dit que ça serait bien que les spectacles soient aussi des spectacles de Vendée, pas juste en Vendée. >>>

وجهي

من وقفتي بالصف بـ"رواسّي"[40] ، صدّقوني إنّو وجّي بِدي يتغيّر. الناس بِديوا يحكوني بالعربي.
ابتسمت. ما بعرف عربي.

الاشيا ما إلها وجود إلاّ لما تضوّي عليها.
بحياتي ما لاحظت إنّو شكلي عربي.
هلّق نْكشَفت.
سألوني كتير مرّات:
سيباستيان، لونك غامق وشعرك مجعّد، إنت من وين؟
أحياناً بتفاجيء وبفرح.
وأنا عم خبّر حكايتي صرت "gapadchenous"[41].
شبّ قلّي:

"Ollez quand même incroyable qu'o soit
un gars pas de chez nous qui porte
musique traditionnelle..." [42]

هيداك اليوم، موعد مع مسؤول العروض الفنيّة بفانديه.

جيت مع موسيقي إسمو عربي بس شكلو غير شي خالص.
بيعزف معي بفرقة "Sloï".
قلنا إنّو أحلى العروض الفنيّة
لازم تكون كمان عروض
من "فانديه"، مش بس بـ"فانديه".

[40] Roissy Charles-De-Gaulle مطار رئيسيّ في منطقة رواسّي في ضاحية باريس الفرنسيّة.
[41] لعب على الكلام بمعنى: "شخص ليس من هنا".
[42] أمر لا يُصدّق أن يكون المرءُ ليس من هنا ولكنّه يحمل بذاته موسيقانا التقليديّة

– *Bonjour.*
– *Alors, vous venez me parler du projet de Sloï ?*
On dirait un nom juif ; Sloï, ça veut dire quoi ?
– *Soleil en parler maraîchin.*
– *Ah bon ! Bon alors, vous savez qu'au conseil général,*
on encourage les initiatives vraiment vendéennes ;
mais vous monsieur, votre nom, c'est pas un nom d'ici ça ?
– *Non, mon père courait après les chameaux dans le sud du Maroc.*
– *Ah ! Heureusement que toi, Sébastien,*
tu es vraiment un maraîchin pure souche.
– *C'est sûr, je suis né à Beyrouth...*

À peine arrivé d'Orly, dans l'Ami 6 de mes parents, je me suis senti maraîchin, je me suis senti chez moi. Je passais de main en main et j'y suis resté. Oui, je suis d'ici...

"بونجور".

- Alors, جايين تحكوني بمشروع "سلوي"؟

كأنّو الإسم يهودي؛ شو بْيِعني؟

Soleil شمس بلهجتنا المحليّة

آه والله!

Bon alors ، بتعرفوا إنّو بمجلس المقاطعة بيشجّعوا المبادرات اللّي من فانديه فعلاً؛ بس إنتَ "موسيو"، إسمك ما بيدلّ إنّك من هون، ما هيك؟

لاء، بييّ كان يرعى الجمال بجنوب المغرب.

آه! سيباستيان، منيح اللّي إنتَ إبن البلد، أصلي.

أكيد، خلقان ببيروت.

شي إنّي وصلت من أورلي[43]، بسيارة لـ Ami 6 ،

حسّيت حالي إبن البلد، حسّيت حالي ببتي.

انتقلت من إيد لا إيد وبقيت هون.

نعم، أنا من هون.

[43] مطار فرنسي آخر جنوبي باريس.

Lettre de la sœur

Cher monsieur,
Chère madame,

Enfin, le moment est venu de prendre Jean–Charles dans vos bras.
Nous vous l'envoyons avec madame Bodet qui a eu la gentillesse de s'en occuper durant le voyage, car les difficultés augmentent pour les voyages des bébés non accompagnés.

Comme santé, il va très bien, a déjà reçu trois injections du vaccin contre la polio aux dates signalées dans le curriculum vitae, et deux injections Te–tra–coq. La copie de sa fiche de santé vous indiquera sa courbe de poids qui est bonne, surtout à partir du mois de juillet. Ses papiers du tribunal libanais sont terminés, je vous les envoie ci–joints.

C'est un petit poupon de huit mois déjà, que vous verrez grandir et s'éveiller complètement, bien qu'il ait déjà l'œil bien ouvert. Je souhaite qu'il vous donne bien de la joie et fasse votre fierté à tous points de vue.

À tous les vœux de bonheur que forme la crèche pour cet enfant, je joins toutes mes meilleures pensées.

à M. et Mme Jean-Pierre Bertrand

رسالة الماسور

سيّدي العزيز،
سيّدتي العزيزة،

أخيراً حان الوقت لتحضنوا جان- شارل بذراعيكم.
نرسله إليكم بعناية السيّدة "بوديه" التي تلطّفت بالاهتمام بالأمر خلال الرحلة، لأنّ الصعوبات تضاعفت بالنسبة إلى الأطفال المسافرين من دون رفقة.

صحيّاً، هو بألف بخير، وقد حصل على 3 جرعات ضدّ الشلل في المواعيد المذكورة في الشهادة الصحيّة، وكذلك على جرعتين من الرباعي والخانوق.

النسخة عن شهادته الصحيّة تحدّد لكم بياناً بتطوّر وزنه الجيّد، وخصوصاً منذ شهر تمّوز.

المستندات الصادرة عن المحاكم في لبنان أُنجِزَت، أرسلها إليكم ربطاً.

إنه طفل أصبح عمره 8 أشهر، سوف تشاهدونه يكبر

ويَفيق تماماً، علماً أنه متفتّح جيّداً منذ الآن. أرجو أن يمنحَكم السعادة وأن يصبحَ محطَّ افتخاركم على كلّ الأصعدة.

إلى التمنيّات بالسعادة التي ترسلها الحضانة عن هذا الطفل، أضمّ كلّ احترامي وتقديري.

إلى السيّد جان – بيار برتران وعقيلته

Familles

Allô maman, ça va ?
Mais non, t'inquiète pas.
Oui, oui, on travaille.
Tu sais, aujourd'hui Yannick nous a raconté une histoire
que sa mère lui a racontée :
c'est arrivé à l'un de ses voisins, Jacques,
il a eu trois enfants puis avec sa femme,
ils ont décidé d'adopter un petit gamin
d'Afrique de l'ouest.
Ils ont fait ça et paf, aussitôt le malheur :
un accident.
Ils reviennent de vacances, tous heureux.
Le père conduit en montagne. Il demande du café.
Sa femme en sert du thermos bien chaud.
Elle fait tomber une goutte sur sa jambe.
Un écart. L'accident.
La femme, la mère meurt sur le coup

et Valentin qu'est juste arrivé,
il se retrouve encore orphelin.
Le père les élève tout seul.
Le petit a maintenant quinze ans et il dit à son père :
« Tu sais, je voudrais retrouver ma mère.
— C'est possible, on va faire tout ce qu'il faut
pour que tu puisses la voir Valentin
et je n'ai pas besoin d'en connaître les raisons.
— Si papa, je vais te le dire, pourquoi je veux la voir.
Je veux lui dire que je suis heureux. »

Je me souviens d'un livre sur l'adoption qui parlait des loyautés familiales. Y paraît qu'« on reste souvent loyal à ses origines sans même en être conscient ».
Je songe à cette dette envers mes parents biologiques, à tous ces frères et sœurs orphelins de la crèche Saint-Vincent. Ma fratrie finalement. Avec plaintes, douleurs mais joies aussi. Des vies abîmées et d'autres transcendées.
Comment ça marche ces loyautés invisibles ? >>>

عائلات

ألو ماما، كيفك؟
لاه، ما تشغلي بالك.
إيه إيه عم نشتغل.
بتعرفي؟ اليوم *Yannick* خبّرنا قصّة خبّرتو ياها أمّو:
حصلت مع واحد من جيرانن،
جاك،
إجاه 3 ولاد وبعدها قرّرواهويّ ومرتو يتبنّوا صبي صغير من أفريقيا الغربيّة.
تبنّوه و "بجّ"، وقعت المصيبة:
حادث.
راجعين من العطلة، مكيّفين.
البيّ كان عم بيسوق عا طريق الجبل. طلب قهوة.
صبّتلو مرتو فنجان سخن من الترموس[44].
وقّعت نقطة عا فخذو[45].
فرشَخ[46]. حادث.
المرا، الأم ماتت دغري.
و فالانتان اللّي شي بعدو واصل، رجع يتيم.
هلّق البيّ عم يربّيهن تلاتتهن وحدو.
الصغير صار عمرو 15 سنة. قلّو لبيّو:
"بتعرف، حابب أرجع لاقي إمّي"
ماشي فالانتان، رح نعمل كلّ شي لحتّى تشوفا، وما بيهمّني أعرف ليه.
مبلى بابا، رح قلّك ليه بدّي شوفا.
بدّي قلّها إنّي كتير مبسوط.
بتذكّر كتاب عن التبنّي بيحكي عن الوفاء العائلي.
بيظهر حسب الكتاب إنّو " أكتر الأحيان بيضلّو الواحد وفيّ لا أصولو من دون حتى ما يكون واعي عا هالشي". عم فكّر بهالدَين اللّي عليّي تجاه أهلي الطبيعيّين، تجاه أخوتي وخيّاتي الأيتام بحضانة مار منصور. يعني بالمختصر تجاه الأخوّة. بعذاباتا وآلاما ولكن كمان بأفراحا.
حيوات خِرْبِت وحيوات تاني راحت لمحلاّت تانية.

---

[44] إبريق معزول لحفظ حرارة ما يوضع فيه من سوائل.
[45] فخذه بالعاميّة.
[46] أي فتحَ فخذيه.

Qu'est-ce qui m'a fait entrer si profondément dans la mythologie de ma famille, de mon marais ?
Pourquoi mon histoire n'est-elle pas douloureuse ?
C'est quoi la normalité d'une famille ?
Les liens du sang ?
Dans la famille africaine, tous les oncles sont les pères de l'enfant, c'est normal. Et les familles recomposées, on fait comment ? Et qu'est-ce qu'on fait des enfants nés de mères porteuses ou de donneurs anonymes ?
C'est quoi la normalité d'une famille ? L'amour donné ?
Mais comment on sait que c'est de l'amour qui fait grandir, pas de l'amour qui étouffe ou qui prend en otage ?
Il y a toujours un moment dans une vie où on se dit qu'on aurait aimé avoir d'autres parents, où on se dit que, si ça se trouve, on a été adopté. D'ailleurs, des fois c'est vrai...
Y'en a des loups dans les placards...
Tiens, chez nous. Mon pépé musicien qui poussait sa Motobécane et son cornet à piston sur les routes de Vendée, il a fait au moins une demi-sœur à ma grand-mère. Et un jour, elle est arrivée devant sa porte...

L'amour est un champ d'expérimentation redoutable qui pose autant de bombes pour ses enfants que de lingots pour faire briller leurs yeux.
Moi, en me mettant en ménage à vingt ans, j'ai adopté deux enfants, maladroitement mais je l'ai fait et là, avec la naissance d'une petite Lila, je suis devenu une moitié de pépé.
Nous, les abandonnés dès la naissance, finalement,
on a de l'avance sur les autres.
On le sait tout de suite qu'on est tout seul au monde.

Orphelins

Abandonnés sans douceur
Des ombres dans le cœur
Ils ont su bien plus vite
Orphelins fils de rien
Que seul toujours on habite
Le destin des humains

"أيتام"
نْرَمُوا عالدْروب
خْيالات بالقْلوب
فِهْموا قبل الكلّ
وْلاد لْما حدا
إنّو قَدَر الناس
يْعيشوا بْلا حدا

كيف بيشتغل هالوفا اللّي ما بينشاف؟
شو اللّي فوّتني هالقدّ بميتولوجيا عيلتي، مستنقعي؟
ليه قصتي مش مؤلمة؟
شو هيّي الحالة العائليّة السويّة؟
علاقات الدم؟
بالعيلة الأفريقيّة، كلّ الأعمام هنّي بيّات الولد، شي عاديّ، سويّ.
كيف الوضع بالعِيَل المظبّطة؟
شو وضع الولاد إللّي بيكبَروا برحم عياري، أو اللّي إجوا من نطفة مجهولة المصدر؟
شو هيّي الحالة العائليّة السويّة؟
الحبّ الممنوح؟
بس كيف الواحد بيعرف إذا هالحبّ بيخلّي الولد يكبر أو حبّ بيفطّس أو بيخلّيه يحسّ إنّو مخطوف؟
بتمرّ دايماً لحظة بالحياة بيتمنّى فيها الواحد يكون عندو أهل تانيين، أو بيقول الواحد لحالو لو حدا تبنّاني.
عا كلّ حال، مرّات بتكون مظبوطة...
فيه دياب بالخزاين...
مثلاً، عنّا. جدّي الموسيقي اللّي أكلت الـ "فانديه" شقفة من إجريه هويّ ويبرم مع موتويتو وبوقو، خلّلا ستّي يكون عندها عالقليلة إخت، أو نصّ إخت. وفيه يوم إجت لعندا...
الحب حقل تجارب رهيب بيزرع ألغام للناس قدّ ما بيفرجيهن سبائك دهب ليلمعوا عيونن.
أنا لمّا كنت بالعشرين، تبنّيت ولدين، كنت مفشكل بحالي[47] بس عملتا. ولمّا ولدت "ليلا"[48]، صرت نصفه لجدّي.
نحنا اللّي منخلق و مننزتّ[49]، بالنهاية، منكون متقدّمين عن غيرنا. منفهم فوراً إنّا وحدنا بالعالم.

[47] أي أنني كنت في حالةٍ من التعثر
[48] Lyla
[49] أي نُرمى.

Je sens qu'elle est là

Maman...

Maman, tu sais, ça y est, je suis revenu dans l'orphelinat où tu m'as quitté. Elle m'a dit la sœur, qu'en 73, la guerre au Liban n'avait pas commencé. Pour moi, c'était plus facile la guerre, d'être un enfant de la guerre.
Ça aurait pu expliquer ça : pourquoi tu m'as abandonné ?
J'aurais été un enfant de la guerre, de la douleur, une vraie victime.
Elle m'a dit, la sœur, que non, que j'étais sans doute un enfant de l'amour et que derrière la fille-mère, il y avait un homme, mon père, qui t'a aimée sans doute.

Finalement, je crois que j'aime mieux ça, cette version-là de l'histoire.
La sœur m'a dit qu'elles ne sont pas trop pour la contraception mais quand même, c'est mieux maintenant, les femmes ont un peu plus de droits sur leurs vies au Liban.
Toi, tu es venue accoucher là et tu es repartie vers une autre vie, sans moi, tu m'as confié aux sœurs.
Tu m'as laissé avec ce mystère.
Pourquoi tu m'as abandonné ?

C'est peut-être de ma faute, hein dis-moi, c'est de ma faute ?
Quelque part, tu sais maman, qu'il y a une vie qui se vit où tu m'as gardé avec toi, où je suis ton fils, grandi au Liban avec les armes à la main. Si ça se trouve, je te fais pleurer ! Alors, c'est ça ?
C'est mieux ainsi. Comme ça, tu ne pleures pas...
... Je ne te vois pas maman, t'as du noir sur la face. >>>

أشعر أنّها هنا

ماما....
ماما، عرفتِ، مشي الحال، رجعت عالميتم محلّ ما تركتيني.
قالتلي لـ"ماسور"، إنّو بالـ73، الحرب ما كانت بلّشت.
بالنسبة لا إلي، الحرب كانت أسهل، أسهل كون إبن الحرب.
هيك كان صار فيه مبرّر: ليه تركتيني؟
كنت صرت إبن الحرب، أبن الألم، ضحيّة عن حقّ وحقيق.
قالتلي، لـ"ماسور"، إنّو لاء، وإنّي عالأكيد إبن الحبّ،
وإنّو خلف البنت اللّي صارت إمّ، زلمة، بييّ، اللّي حبّك عالأكيد.
بالحقيقة، بظنّ إنّي بفضّل أكتر هالصيغة.
قالتلي لـ"ماسور" إنّن ما بيحبّذوا منع الحمل بس شي ومنّو[50]، وإنّو اليوم صار الوضع أفضل، النسوان بلبنان صار إلن مونة[51] عا حياتهن شوي أكتر من قبل.
إنتِ جيت ولّدتِ هون ورجعتِ رحتِ عا حياة تانية.
من دوني، سلّمتيني للراهبات.
تركتيني مع هالسرّ.
ليه تركتيني؟

يمكن أنا السبب، آه، قوليلي، أنا السبب؟
بتعرفي ماما، يمكن بشي محلّ فيه حياة عم تنعاش محلّ ما تركتيني معك، محلّ ما أنا إبنك، كبرت بلبنان حامل سلاح.
إذا هيك صحيح، بكون عم بَكّيكِ!... شو؟ مظبوط؟ هيك أحسن. هيك ما بتبكي.
... ماما، منّي شايفك، في أسود عا وجّك.
بس أنا تعرّفت عا بطنك وما بقدر إنسى شي. كلّ

---

50 تعبير شعبي محلّي يعني عدم الإفراط أي الاستخدام بتعقّل.
51 أصبح لهنّ رأي إلى حدّ معيّن.

Mais j'ai connu ton ventre et je ne peux rien oublier. Toute ma musique en frissonne et je connais deux ou trois choses de toi. Moi aussi, je raffole de concombre et j'ai peur des bouteilles de gaz, des explosions, du tonnerre et des ponts. Faudra que tu me racontes un de ces jours.
Viens, je te présente ma mère. C'est elle qui a fait grandir tout ce que tu avais laissé en moi. Elle m'a aimé chaudement, elle a fait germer en moi le meilleur de toi. Toi, tu m'as fait pousser. Elle, elle m'a cultivé.
Toi maman, t'es repartie en laissant ouvert un trou béant dans ta vie, comment t'as vécu après ?
Toi maman, t'es venue me chercher à l'aéroport avec papa, sans me connaître, sans douter même de pouvoir m'aimer, faisant juste confiance à la vie...

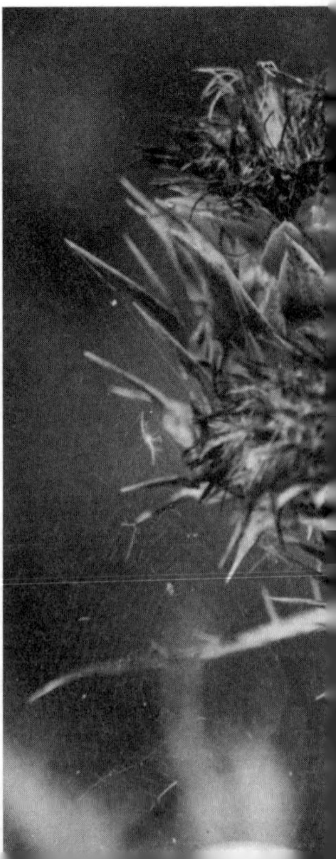

الموسيقى تبعي بتقول هالشي وبعرف شغلتين تلاتة عنّك. وأنا كمان بموت بالخيار وبموت رعبة من قناني الغاز، من الانفجارات، من الرعد والجسور. لازم شي يوم تخبّريني.

تعي، بعرّفك عا إمّي. هيّي اللّي كبّرت كلّ اللّي حطّيتيه فيّي. حضنتني بحنان، برعمت أحلى شي فيّي منّك. إنت ربّيتيني. هيّي زرعتني.

إنت ماما فلّيتي[52] وتركتِ بحياتك حفرة مفتوحة،
شو صار فيكِ بعدين؟
إنت ماما، جيتِ أخذتيني إنتِ وبيّي من المطار وما بتعرفيني ومن دون حتى ما تتأكّدي إذا حا تقدري تحبّيني، وثقتِ بالحياة وسلّمتِ...

[52] أي غادرْتِ.

Aujourd'hui c'est carnaval

Aujourd'hui c'est carnaval
Nous mangeons Ket Ben Aye
Apportez–moi le cheval
Que je ne sais attraper
Aujourd'hui je danse le bal
Au pays où je suis né
Comme pour dire la liberté
Revenir vous embrasser

Di li di dort, dort, l'enfant dort
C'est comme un roi, qu'il grandira dedans les bras
Di li di dort, dort, l'enfant dort
C'est comme un roi qu'il grandira…

أغنية: اليوم كرنافال

اليوم نْهار وْعِيديّي
عم ناكول كبّة نيّي[53]
جيبو صوبي هالحصان
لْما بتطّالو إيديّي
اليوم العيد اليوم الرقص
عالأرض لْخِلقِتْ فيّي
جايي قول الحريّة
بوس بلادي اللّي فيّي

يالله ينام يالله ينام
من إيد لإيد
يكبر ويزيد
يالله ينام يالله ينام
من إيد لإيد
يكبر ويزيد

[53] طَبَق لبناني تقليديّ مكوّن من اللّحم النيء المطحون يضاف إليه البرغل(القمح المهروس) والبصل والنعناع وغير ذلك من المطيّبات.

Fin de la visite à l'orphelinat

Dans le bureau de sœur Josèphe.
Elle me redit que c'est chez moi ici, que je suis un de leurs enfants.
Je lui rends l'enveloppe jaune.
Je préfère qu'elle reste ici ; le dossier au nom de mon père, mon nom d'ici, Vincent Bouchara, la photo que mes parents ont envoyée à l'orphelinat, avec ma mère, Maguy, en robe courte rouge. Et ma photo, la même que sur mon passeport libanais.

Mes parents m'ont dit :
« Quand on a reçu ta photo,
quand on a vu tes yeux tout ronds,
à cet instant,
il n'y a plus eu aucun doute :
tu étais notre enfant. »

Mes parents sont là, au Liban, dans un tiroir.
C'est là qu'ils sont nés... Mes parents...

Aujourd'hui c'est carnaval
Nous mangeons Ket Ben Aye
Prendre le temps de respirer
Toutes ces odeurs du passé
Aujourd'hui je tombe le voile
Teint mat et cheveux frisés
Avec honneur et fierté
Plus peur d'être un étranger

Aujourd'hui c'est carnaval
Nous mangeons Ket Ben Aye
Se dire que l'identité
Plus fort qu'un p'tit bout de papier
Aujourd'hui je tisse la toile
Avec ceux qui par milliers
Regardent la liberté
Juste pour venir l'embrasser

(refrain)

نهاية الزيارة إلى الميتم

بمكتب الـ"سور" جوزيف
رِجْعتْ تقلّي إنّو البيت بيتي
وإنّو أنا ولد من ولادُن
ردّيتلّلا المغلّف الأصفر. بفضّل يبقى هون؛
الملفّ اللّي بإسم بيّي، إسميّ اللبناني فانسان بشارة،
الصورة اللّي أهلي بعتوها عالميتم، فيها إمّي ماغي
لابسي فستان أحمر قصير. وصورتي، هيّي نفسا اللّي
عالباسبور اللبناني.
أهلي قالولي:
لمّا وصلتلنا صورتك
لمّا شفنا عيونك المبرومين برم
بهاللّحظة
ما بقي عنا شكّ
إنتَ ولدنا.
أهلي هون بلبنان بقلب جارور
هون ولدوا.... أهلي...

اليوم نْهار وعِيديّي
عم ناكول كبّة نيّي
آخُد فرصة إتنفّس
رَوايح مِن الماضي
اليوم رح نزّل برادي
وجّي الغامق شعري الجعدي
راسي عالي شايف حالي
ما بقا خايف كون غريب

اليوم نْهار وْعِيديّي
عم ناكول كبّة نيّي
ونقول إنّو الهويّة
أقوى من شقفة ورقة[54]
ما إلها أهميّة
عم أنسج معكم اليوم
شبكة بتهمّ الآلاف
عَيْنُن صوب الحريّة
حتى بس يطالوها
ويعطوها بوسة هْديّة

(لازمة)

[54] قطعة في العاميّة اللبنانيّة

[
Beyrouth, je viens des deux bords de la mer
À Saint-Jean, je suis né dans les yeux de mon père
Beyrouth, je reviens te parler de ma mère
À Saint-Jean, elle m'a dit les marais, les lumières
]

[
بيروت، أنا من شطّين لبحر واحد.
بسان جان، ولدت بعيون بيّي
بيروت، رجعت إحكيكٍ عن إمّي
بسان جان، قالتلي المستنقعات، الأنوار.
]

Sébastien Bertrand

Tout gamin, il se retrouve sur les planches avec un accordéon diatonique et un costume traditionnel pour faire danser les jeunes du groupe folklorique Tap dou Paï. Il aurait pu en rester là, mais les journées de collectage avec son père, les découvertes musicales avec son oncle Thierry, l'amènent rapidement à regarder ces musiques traditionnelles comme des musiques du quotidien, son quotidien. Il quitte le costume pour assumer son diatonique au collège, au lycée... croise des musiciens d'horizons musicaux différents. En 2003, il décide de créer une compagnie, à l'instar de la danse et du théâtre, pour partager, scènes après scènes, avec un public de plus en plus large, ce que des artistes d'avant-garde, des années trente, appelaient déjà les « Arts populaires modernes ».

Ce regard croisé se prolonge et s'enrichit de la rencontre avec Yannick Jaulin. À l'issue du spectacle *Forêts*, de Wajdi Mouawad, Sébastien le maraîchin se raconte à son ami Jaulin : « J'ai été adopté à l'âge de 9 mois, je suis né à Beyrouth pas en Vendée... ». L'aventure *Chemin de la belle étoile* commence un an plus tard...

Depuis, il continue son travail autour des musiques traditionnelles avec la seule différence d'être entre la tête et les pieds, d'ici et de là-bas : un artiste nomade à l'intérieur de lui-même.

سيرة ذاتيّة

سيباستيان برتران

منذ نعومة أظافره، صعد إلى الخشبة حاملاً الأكورديون الدياتوني ومرتدياً الزيّ التقليدي بهدف مرافقة شبان فرقة Tap dou Paï الفولكلوريّة للرقص. كان يمكنه أن يكتفي بذلك. ولكنّ أيام الجَمع مع والده، والاكتشافات الموسيقية مع عمّه تييري، قادته بسرعة إلى النظر إلى تلك الموسيقى التقليدية على أنها موسيقى المعاش اليومي، معيشه. تخلّى عن زيّه وتقلّد دياتونه في المدرسة الثانويّة... التقى بموسيقيّين من مشارب موسيقيّة مختلفة. العام 2003 ، قرر إنشاء فرقة للرقص والمسرح بهدف التبادل مع جمهور يتزايد، عرضاً إثْرَ عرض، ما كان يسمّيه الفنانون الطليعيون في الثلاثينيات "الفنون الشعبيّة الحديثة".

تلك النظرة المتشابكة امتدّت واغتنت بفضل اللقاء مع يانيك جولان. في نهاية عرض *غابات* *Forêts* ، لوجدي معوّض، سيباستيان، ابن الملاّحات، يروي نفسه إلى صديقه جولان: "تبنّاني أهلي وكان عمري 9 أشهر. وُلدتُ في بيروت وليس في فانديه Vendée ". مغامرة "طريق الحظ" Chemin de la belle étoile بدأت بعد عام... مذّاك، يواصل عمله حول الموسيقى التقليديّة بفارق وحيد كونه بين الرأس والأرجل، من هنا وهناك: فنّان رُحَّل داخل نفسه.

Yannick Jaulin

Le premier savoir-faire de Yannick Jaulin fut de tendre l'oreille. Ce Poitevin nomade a fait ses classes, adolescent, en collectant le parler régional, les contes, au sein d'un grand mouvement de culture populaire. « Plus je m'enfonçais dans le pays, plus j'avais l'impression de connaître le monde entier », raconte-t-il aujourd'hui. Il a fait sienne cette phrase de Tolstoï : « Si tu veux parler de l'universel, parle de ton village. »
De ces moments de transmission, il a gardé une puissance identitaire ouverte sur le monde et trouvé sa place : la scène. L'endroit où il se rassemble lui, où il porte la parole loin.
À 27 ans, il en fait son métier et devient le fer de lance d'une nouvelle génération de conteurs engagés dans une modernisation du conte... Souvent accompagné de musiciens, il est très vite désigné comme le conteur rock and roll, faisant du récital d'histoires.
Au fil du temps et des rencontres, sa démarche va se faire plus théâtrale.

Ses compagnonnages avec le théâtre (Wajdi Mouawad notamment) l'ont amené à une écriture beaucoup plus élaborée, tout en gardant à l'esprit ce questionnement permanent : « Que et comment raconter aujourd'hui ? »
Son parcours atypique se double d'une démarche originale. Auteur et acteur protéiforme, Yannick Jaulin est sans cesse en train d'explorer de nouvelles formes artistiques et théâtrales. « Loin des formes traditionnelles et pourtant obsédé par la réécriture des mythes, des contes et leur replacement dans nos quotidiens, je cherche un lieu commun pour trouver un possible frémissement collectif. J'aimerais me définir comme faisant un théâtre de l'humanité. »

يانيك جولان

مهارة يانيك جولان الأولى تتمثّل بسماعه المرهف.
إبن Poitou هذا الرحّل، أنجز صفوفه وكان لا يزال مراهقاً في جمع المحكيّات المحليّة، الحكايات، في خضمّ حركة ثقافة شعبيّة كبيرة. يقول اليوم: " كلّما غصتُ في البلاد، كلّما عرفت العالم بأسره." تبنّى قول تولستوي: "إذا أردت أن تتكلّم عن الكوني، تكلّم عن قريتك".

من فترات النقل تلك، حافظ على قوّة هويّته المنفتحة على العالم، ووجد نفسه: المسرح. المكان حيث يجمع نفسه، حيث يحمل القول بعيداً.

في سنّ 27 ، جعل من الإخبار مهنته، وغدا رأس حربة لجيل جديد من الحكواتيين الملتزمين بتحديث الحكاية... لُقِّبَ جولان بالحكواتي "الروك أند رول"، لتقديمه حفلات من الحكايات، غالباً برفقة موسيقيّين.

مع الوقت واللقاءات المتوالية، بدأت مسيرته تتمسرح.

مصاحباتُه مع المسرح (ولا سيّما مع وجدي معوّض)، دفعته إلى كتابةٍ أكثر تنظيماً؛ من دون أن يغيب عن باله هذا التساؤل الدائم: ماذا وكيف نُخبِرُ اليوم؟". مسيرته اللاّنمطيّة تعزّزت بسيرورة فريدة. يانيك جولان، الكاتب والممثّل المتعدّد الأشكال، منغمسٌ من دون توقّف في اكتشاف أشكال فنيّة ومسرحيّة جديدة. "بعيداً عن الأشكال التقليديّة، ولكنْ مأخوذاً بإعادة كتابة الأساطير والحكايات وبكيفية تموضعها في معيشنا اليومي، أبحث عن حيّز مشترك لكي أجد ارتعاشاً جمعيّاً محتملاً. أودّ أن أصف نفسي على أنني أشتغل في مسرح الإنسانية".

Conception et mise en pages :
Marijo Pateau, Tandem SARL
Le Poiré-sur-Vie (France)

Achevé d'imprimer en mars 2011
Offset 5 éditions
La Mothe-Achard (France)

Dépôt légal : mars 2011
N° d'imprimeur : 1103118